로크미디어가
유혹하는
재미있는 세상

ROK
MEDIA
로크미디어

천외천의 주인 29

2022년 11월 7일 초판 1쇄 인쇄
2022년 11월 10일 초판 1쇄 발행

지은이 한수오
발행인 김정수 강준규

기획 이기헌 왕소현 박경무 강민구 조익현
책임편집 오영란
마케팅지원 이원선

발행처 (주)로크미디어
출판등록 2003년 3월 24일
주소 서울시 마포구 마포대로 45 일진빌딩 6층
Tel (02)3273-5135 **Fax** (02)3273-5134
홈페이지 rokmedia.com **E-mail** rokmedia@empas.com

© 한수오, 2020

값 9,000원

ISBN 979-11-354-7449-1 (29권)
ISBN 979-11-354-8621-0 04810 (세트)

한수오 신무협 장편소설

29

천외천의 주인

| 군웅할거 群雄割據 |

차례

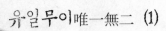

유일무이唯一無二 (1)

설무백은 우연찮은 아수라, 마후라가와의 만남 이후에 뒤늦게 든 의문이 하나 있었다.

포달랍궁의 제자인 아수라와 대뢰음사의 제자인 마후라가가 어찌하여 팔부신장이라는 하나의 이름 아래 속해 있는 것일까?

예로부터 서장의 황교에는 팔부신장의 이름을 가지는 호법승이 존재한다고 했으니, 포달랍궁과 대뢰음사가 황교의 맥을 이었다는 것은 알겠는데, 아무리 그래도 서로 다른 문파의 제자가 하나의 이름 아래 묶인다는 것은 강호무림의 상식으로 쉽게 납득할 수 없는 일이었다.

무당파와 화산파가 같은 도가 계열의 문파라고 해서 같은 이름을 공유하지는 않지 않나.

그러나 그것은 설무백이 서장의 역사에 무지한 까닭에 하는 생각이었다.

마하란을, 바로 유령노조를 만나기 위해서 흑점으로 가는 도중에 혈뇌사야가 그것을 알려 주었다.

"서장의 역사는 라마교의 양대종파인 홍모파(紅帽派)와 황모파(黃帽派)의, 즉 홍교와 황교의 대립과 싸움으로 얼룩진 역사입니다. 서장에 있는 그 어떤 군소방파도 그들, 두 파벌의 영향력을 벗어나지 않지요. 특히나 저 둘은 황교의 맥에서 시작되었고, 그래서 황교의 본산으로 추앙받는 황룡사(黃龍寺) 출신입니다. 황교의 제자들 중에서도 귀족이라 할 수 있지요. 에, 또……!"

혈뇌사야는 홍교와 황교가 얽히고설킨 서장의 역사를 자못 간단하게 요약해서 알려 주었다.

설무백이 서장의 라마교에 대해서 아는 것은 밀교(密敎)라 불리며, 원시불교의 특징을 이어받은 소승불교(小乘佛敎)가 다 그렇듯 철저한 개인 수행이 주였으나, 점차 세속의 권력과 결탁하며 사도(邪道)에 기울어진 종파라는 것이 다였는데, 덕분에 적잖게 세세한 부분까지 알게 되었다.

혈뇌사야의 설명을 듣고 보니 각종 사술(邪術)과 방술(方術), 괴이한 율법(律法)을 이행하며 라마교의 명예를 떨어뜨린 것은 라마교 내의 종파인 홍교였다.

하다못해 그들, 홍교는 결혼할 처녀의 처녀성을 라마승이 먼저 빼앗는다는 이른바 초야권(初夜權)까지 율법으로 정하는 만행을 저질렀다. 그리고 황교의 성립은 그런 홍교의 만행과 직접적인 연관성을 가지고 있었다.

홍교의 추악한 만행에 대항한 라마교의 정화 운동을 주도한 것이 바로 황교였던 것이다.

요컨대 홍교가 저질렀던 사특하고 추악한 일들을 금지시키고, 라마교가 추구하는 본연의 임무를, 즉 구도(求道)와 중생제도(衆生濟度)에 주력한 종파가 바로 황모파라 불리는 종파인 황교였던 것이다.

"그런 면에서 홍교는 마교와 어울리는 접점이 참 많지요. 중원무학이 추구하는 운기토납공을 역행해서 쌓은 내공의 기원에서부터 강해지기 위한 도구로 얼마든지 인신공양도 허용되는 율법도 그렇고, 하나의 샘물에서 흘러나온 두 줄기의 물이라고 봐도 결코 과언이 아니지요."

설무백이 내심 정말 흥미로운 구석이라고 생각하며 절로 고개를 끄덕이는 참인데, 시종일관 침묵을 지키며 그들의 곁을 따르고 있던 포달랍궁의 승려, 아수라가 불쑥 끼어들며 한마디 했다.

"두 줄기가 아니라 세 줄기지요. 결코 그들과 다르게 볼 수 없는 천산파가 있지 않습니까."

"아참, 그렇군! 그들이 있었지!"

혈뇌사야가 바로 수긍하고 인정하더니, 문득 야릇한 미소를 지으며 설무백을 바라보았다.

"그러고 보니 한 가지 재미있는 사실을 아직 알려 드리지 않았네요. 아는 사람만 아는 사실인데, 마교총단의 이공자 극락서생 악초군의 출신이 거깁니다. 전대 천산파의 장문인이자, 천산제일인으로 불리던 악지산(岳智山)의 손자, 당대 천산파의 장문인인 악주보(岳朱甫)의 적자지요."

"아……!"

설무백은 절로 고개를 끄덕였다.

그간 모르고 있던 사실에 놀라기도 했지만, 그보다는 마교가 준동한 이후에도 천산파가 쥐 죽은 듯 잠잠한 이유를 이제야 납득했기 때문이다.

그러다가 그는 와중에도 긴장하는 아수라와 마후라가를 보고 슬쩍 나서며 말했다.

"괜찮아요. 적이 아닙니다."

땅거미가 지는 오후였고, 하남성 정주부로 들어선 그들은 남문대로로 진입하는 중이었다.

아수라와 마후라가가 긴장한 이유는 전방에서 다가오는 흑포노인의 존재감 때문이었는데, 설무백은 곧바로 흑포노인의 정체를 알아봤던 것이다.

흑포노인은 바로 흑혈이었다.

공야무륵도 바로 흑혈을 알아보며 그의 곁으로 다가와서 말했다.

"마중을 나오셨네요."

이상하다는 투였다.

설무백도 못내 이상했다.

여태 흑점에서 그를 마중 나온 경우는 한 번도 없던 일이었다.

그는 그 속내를 감추지 않고 드러냈다.

"해가 서쪽에서 떴어? 새삼스럽게 무슨 마중이야?"

흑혈이 해학적인 사람답게 쪼르르 달려와서 사뭇 과장스럽게 두렵다는 표정을 지으며 대답했다.

"무지막지한 고수들이 주군의 곁을 따르고 있다는 보고를 들어서요. 혹시나 주군께서 다른 누군가에게 인질로 잡힌 것은 아닌지 걱정이 돼서 그만……! 근데, 아니에요. 흐흐흐……!"

설무백은 그저 실소로 넘기며 물었다.

"노야들은 계시지?"

"여부가 있나요. 이젠 늙은 뼈가 들썩인다고 마실도 안 나가십니다."

흑혈이 농담조로 대답하고 길을 열며 안내를 자청했다.

"가시죠. 제가 모시겠습니다."

설무백은 묵묵히 흑혈의 뒤를 따라갔다.

혈뇌사야가 그 모습을 눈여겨보더니, 이내 슬며시 공야무륵의 곁으로 붙으며 물었다.

"평범한 아이는 아니군. 주변에 숨죽이고 있는 애들도 다들 보통은 넘고."

　모습을 보인 흑혈의 주변에는 흑점의 사자들이 암중에 웅크
린 채 숨죽이고 있었는데, 혈뇌사야는 대번에 그것을 파악한 것
이다.

　공야무륵이 짧게 대답해 주었다.

　"저 친구가 흑점의 총관입니다."

　"……!"

　혈뇌사야가 자못 놀란 표정을 지었다.

　"중원무림에서 암흑의 상인들을 통제한다는 그 흑점 말인
가?"

　"예, 그 흑점요."

　"설 공자를 보고 주군이라고 하던데?"

　"주군을 보고 주군이라고 하지, 그럼 뭐라고 부릅니까?"

　공야무륵이 별소리를 다한다는 투로 대꾸하다가 이내 깨달
은 듯 어색하게 웃으며 말을 덧붙였다.

　"아, 아직 모르시는구나. 우리 주군이 흑점의 주인이세요."

　"오……!"

　혈뇌사야가 탄성을 흘렸다.

　암흑의 상인들의 집단인 흑점에 대해서는 그도 익히 들어서
잘 알고 있었던 것이다.

　공야무륵이 그 모습을 보고는 피식 웃으며 의미심장한 말을
더했다.

"놀라긴 일러요. 이마저도 빙산의 일각에 불과하니까."

"······!"

혈뇌사야가 물었다.

"뭐가 더 있다는 거지?"

공야무륵이 타고난 성격 그대로 속내를 감추지 않고 솔직하게 말했다.

"저는 아직 노야를 전적으로 믿지 않습니다. 제가 흑점에 대해서 밝힌 건 주군께서 노야를 이곳까지 동행했기 때문이지 전적으로 믿어서가 아니라는 겁니다. 이해하시죠?"

혈뇌사야가 멋쩍은 표정으로 다른 사람들을 둘러보았다.

검노와 환사가 마치 약속이라도 한 것처럼 그의 시선을 외면하는 가운데, 태양신마가 떨떠름한 표정으로 입맛을 다셨다.

"난 그냥 아는 게 별로 없군."

혈뇌사야는 그제야 다시 공야무륵에게 시선을 주며 씩 웃었다.

"든든하시군, 우리 설 공자."

공야무륵이 그저 어깨를 으쓱이며 돌아서서 설무백의 뒤를 따랐다.

어느새 남문대로와 연결된 저잣거리로 들어선 그들은 초입에 자리한 춘래객잔을 목전에 두고 있었다.

혈뇌사야는 묵묵히 설무백을 따라가는 공야무륵의 뒤를 따라서 그 춘래객잔으로 들어갔다.

그리고 춘래객잔의 이 층으로 올라가 밖으로 나갔고, 지붕의 한쪽 처마와 붙어서 후원으로 내려가는 계단을 통해 과거 설무백이 고개를 숙이고 지나쳤던 비밀 통로인 좁고 낮은 통로, 바로 생사관이라는 토굴을 지나서 넓은 대청에 도착했다.

거기 대청에는 세 명의 노인이 있었다.

혈뇌사야가 그들을 살펴볼 사이도 없이 뒤를 따르고 있던 아수라와 마후라가가 반색하며 앞으로 뛰어나갔다.

"대사형!"

아수라와 마후라가가 보고 반색하며 달려간 사람은 바로 흑점의 삼태상 중 한 사람인 유령노조였다.

적잖은 세월의 연륜이 묻어 있는 그를 그들은 첫눈에 알아본 것이다.

유령노조도, 바로 대뢰음사의 주지인 뇌정마불 아란타의 대제자였던 마하란도 대번에 그들, 아수라와 마후라가를 알아보았다.

"아, 아니, 너희들이 어떻게 여길……!"

"대사형, 흑흑……!"

"사, 사부님께서 그만……! 흑흑……!"

아수라와 마후라가가 격정에 휩싸여 더는 참지 못하고 끝내 울음을 터트렸다.

유령노조가 그런 그들을 부둥켜안은 채 등을 쓰다듬어 주며 위로하고, 또 같이 흐느꼈다.

얼마의 시간이 그렇게 흘러갔을까?

이윽고, 평정을 되찾은 유령노조가 거듭 아수라와 마후라가의 어깨를 다독이며 말문을 열었다.

"말해 보거라. 사부님께서 놈들에게 뇌정의 기운을 빼앗기셨느냐?"

"……!"

아수라와 마후라가가 침통한 표정을 지으면서도 본능처럼 고개를 돌려서 주변의 눈치를 보았다.

유령노조가 불안한 기색인 그들을 안심시켰다.

"걱정할 것 없다. 우리 얘기를 들어서 나쁠 사람은 지금 이 자리에 없느니라."

아수라가 그제야 떨리는 목소리로 조심스럽게 대답했다.

"예, 분하게도 끝내 홍불사(紅佛寺)의 술사인 사란상인과 소뢰음사의 주지인 삼안혈불이 손잡고 펼친 섭혼술을 버티지 못하시고 그만……!"

유령노조가 한층 더 냉정한 모습으로 변해서 물었다.

"하면, 너희들이 나를 찾아온 것은 단지 그 소식을 전하기 위함이냐, 아니면 무슨 다른 목적을 가지고 온 것이냐?"

아수라와 마후라가가 서로 시선을 교환하고는 즉시 바닥에 엎드려서 머리를 조아리며 대답했다.

"사부님께서 소승들에게 말씀하셨습니다! 중원으로 추방한 마하란을 찾아가서 전해라! 마룡(魔龍)이 황모를 찢고 승천하려

하니, 황룡의 금계(禁界)를 깨서 막으라!"

"음!"

유령노조가 묵직한 침음을 흘렸다. 그리고 이내 그보다 더 묵직한 목소리로 물었다.

"너희들은 황룡의 뜻을 이어받을 준비가 되었느냐?"

아수라와 마후라가가 누가 먼저랄 것도 없이 동시에 바닥에 이마를 찧으며 대답했다.

"부족하나마 준비가 되었다고 자부합니다! 사부님과 대법왕이신 금륜 노사께서 사전에 절반의 뇌정을 우리 두 사람에게 나누어 주셨고, 우리 두 사람은 이미 황룡의 하늘을 되찾기 위해서라면 얼마든지 목숨을 버릴 각오가 되어 있습니다!"

유령노조가 한차례 다부지게 고개를 끄덕이고는 이내 설무백에게 시선을 주며 말했다.

"아무래도 이 아이들을 데려다준 감사는 나중에 해야 할 것 같네. 보다시피 사정이 이렇고, 여유 또한 없어서 그러니 이해해 주게나. 나름 서둘러 돌아올 테지만, 예서 기다리지는 말게. 아무리 빨라도 달은 넘길 테니까. 그럼 이만……!"

유령노조는 그렇게 양해를 구하고는 즉시 아수라와 마후라가를 데리고 자리를 떠났다.

그들이 떠나고 나서야, 그들이 떠난 이유에 대해서 자신이 아는 바를 말하는 두 사람이 있었다.

혈뇌사야와 흑천신이었다.

"황교의 본거지이자, 포달랍궁의 모태인 황룡사에는 예로부터 황교가 누란(累卵)의 위기에 봉착했을 때, 황교의 신맥을 이은 직계 후손이 익힐 수 있는 비전의 절기가 있습니다."

"황교삼대호교지학(黃敎三大護敎之學)과 황교사대금기지학(黃敎四大禁忌之學)이라고 들었지요."

"황룡의 금계를 깬다고 했으니, 황교사대금지학일 겁니다."

혈뇌사야는 유령노조가, 바로 마하란이 대뢰음사의 주지인 뇌정마불 아란타의 특명을 받고 황교사대금기지학을 지키는 수호자의 역할을 수행하고 있었을 것이라고 추측했다.

흑천신은 마교가 발호한 이후부터 유령노조의 시선은 서장의 동향에 고정되어 있었으며, 황교가 누란의 위기에 봉착하지 않기만을 바랐다는 것으로 혈뇌사야의 추측에 힘을 보탰다.

그러나 서장과 황교에 대한 이야기는 더 이상 진행되지 않고, 그것으로 끝났다.

설무백이 그것을 원치 않았다.

"생사고락을 같이하는 동료들에게조차 드러내지 않은 얘기입니다. 그럴 수밖에 없는 사연이 있다는 뜻일 테니, 당사자가 직접 얘기해 주면 모를까 없는 자리에서 논하는 건 아닌 것 같습니다."

모두가 수긍했다.

분위기도 쉽게 바뀌었다.

딱히 서장이나 황교의 사태가 아니더라도 그들이 나눌 얘기는 실로 무궁무진했다.

풍사와 철마립, 대력귀가 대청에 나타난 것은 그들의 대화가 무르익은 반 식경 후였다.

설무백의 지시에 따라 흑점에서 사자들의 수련을 돕고 있던 그들이 설무백이 왔다는 연락을 받고 부리나케 달려온 것이다.

"식구가 늘었군요?"

"주군을 뵙습니다!"

"너무해요! 대체 언제까지 여기 처박아 둘 심산인 거죠?"

세 사람 다 저마다 설무백을 맞이하는 태도가 달랐다.

풍사는 설무백의 곁에 있는 혈뇌사야를 먼저 본 것이고, 철마립은 오직 설무백만 보고 있으며, 대력귀는 그간의 불편함부터 토로했다.

설무백은 그런 그들에게 새로운 식구인 혈뇌사야부터 소개했고, 그들의 인사가 끝나자 흑천신과 야제를 향해 물었다.

"성과가 좀 있어요?"

"있다고 하더라고. 그것도 아주 많이."

야제가 웃는 낯으로 대답하며 슬쩍 흑혈에게 시선을 주었다.

흑혈이 기다렸다는 듯이 나서며 말했다.

"애들 경지가 많이 올랐습니다. 덕분에 숨겨져 있던 보석도 찾았고요."

"보석……?"

설무백은 반문과 동시에 풍사 등의 뒤에 서 있는 두 사내에게 시선을 던졌다.

하나는 철장마제의 후예인 조극이었고, 다른 하나는 그와 비슷한 또래의 사내였다.

풍사 등의 일행으로 조극과 함께 나타난 사내라서 주의 깊게 봤었는데, 과연 그 사내가 바로 흑혈이 말하는 보석이었다.

"인사드려라. 네가 그리 보고프다 했던 흑점의 주인이시다."

흑혈의 말을 들은 사내가 반색하고 눈을 빛내며 앞으로 나와서 포권의 예를 취했다.

"처음 인사드립니다, 주군. 소빈(小斌)이라고 합니다."

설무백은 절로 고개를 갸웃했다.

'소빈……?'

어디서 들어 봤을까?

전혀 생경한 이름이 아니었다.

분명 어디선가 들어 본 이름인데, 선뜻 생각이 나지 않았다.

흑혈이 그런 그의 반응을 보고 조심스럽게 물었다.

"무슨 마음에 걸리시는 거라도……?"

설무백은 멋쩍은 표정으로 솔직한 감정을 드러냈다.

"아니, 그냥…… 뭐랄까? 왠지 이유도 모르게 낯설지 않아서 말이야."

흑혈이 웃는 낯으로 대답했다.

"어쩌면 이것 때문일지도 모르겠습니다. 우리도 나중에 안 사실인데, 알고 보니 소빈, 저 녀석이 전대의 흑도고수인 벽안소요자 공손기의 진전을 이었다고 합니다. 직계가 아니라 그저 우연찮게 얻은 기연이라는데, 홀로 수련했음에도 불구하고 제법 경지를 이루고 있습니다."

"……!"

설무백은 이제야 불꽃이 튀기는 것처럼 전생의 기억이 떠올랐다.

'수라마영!'

그랬다.

천산파와 싸웠던 제십사대 잔결방주 벽안소요자 공손기의 진전을 이은 흑도의 고수였다.

그리고 나중에 자신을 추종하는 무리를 이끌고 잔결방의 후신인 삼수방으로 쳐들어가서 공손기의 후손인 청면왜수 공손축과 그 측근들을 잔인하게 도살해 버리는 자였다.

삼수방이 잔결방의 후신임을 알고 혹시나 자신이 기연을 얻은 벽안소요자의 절기가 그들에게도 이어졌을지 모른다는 생각에 그와 같은 패악을 저지르는 것이다.

'전생의 수라마영이 대동하고 간 자들이 그럼 흑점의 사자들이었다는 건가?'

설무백은 의지와 무관하게 가슴이 식어서 냉정한 눈빛으로 소빈을 살펴보았다.

작은 얼굴에 가늘게 치켜떠진 눈매, 뾰족한 콧날, 얇은 입술이 반골의 성품을 여실히 드러내는 것 같았다.

관상학을 믿는 것은 아니나, 못내 거북한 것은 사실이었다.

무엇보다도 인상적인 것은, 그래서 더욱 거북한 것은 소빈의 눈이었다.

소빈의 눈은 마치 백치처럼 아무런 감정도 담지 않으려고 애쓰는 감정이 담겨 있었다.

그릇을 깬 아이의 말이 변명인지 진실인지 어른의 눈에는 쉽게 보이는 것처럼 그는 그런 소빈의 속내가 보였다.

그리고 또 보였다.

그렇게 감추어진 소빈의 눈 속에는 애써 억눌렀으나 어쩔 수 없이 꿈틀거리는 야망이 있었다.

'전생의 일이긴 하지만……!'

확실히 전생의 일이다. 그리고 전생에 어떤 사연을 가지고 있던지 간에 이생에서는 얼마든지 바뀔 수 있다는 것을 지금 그의 곁을 지키는 공야무륵이 증명하고 있다.

그뿐 아니라, 애초에 야망은 그릇된 것도, 나쁜 것도 아니다.

오히려 야망은 사내에게 없어서는 안 될 요소이기도 하다.

야망의 품속에는 대범함과 여유로움, 그리고 아무리 깊은 상처라도 능히 헤쳐 나갈 수 있는 용기가 숨 쉬고 있어서 큰일이든 작은 일이든 간에 어떤 일을 감당하려면 그에 걸맞은 야망이 필요하다.

다만 문제는 지금 소빈이 자신의 야망을 가슴 저편에 꽁꽁

감춰 두고 있다는 사실이다.

당당하게 드러낸 야망은 혹시나 비웃음을 살지 몰라도 결코 외면당하지 않고 결국 타인의 인정을 받는 데 한몫을 하지만, 깊이 감춘 야망은 고집으로, 다시 집착으로 굳어져서 끝내 자기 잇속만 채우려는 야욕으로 변질되기 십상이다.

'예상치 못하게 요상한 인연을 만나서는……!'

설무백은 내심 고소를 금치 못했다.

전생의 경우처럼 잔결방의 후신인 삼수방의 청면왜수 공손축 등이 소빈에게 당할 일은 없을 터였다.

그들은 이미 그에게 잔결방의 선대인 벽안소요자의 절기를 사사받았고, 벌써 상당한 경지를 이루었다.

그들이 삼수방의 이름을 잔결방으로 바꾼 것은 그에 따른 자신감의 소산인 것이다.

하지만 아무리 그래도 설무백은 이대로 그냥 넘어갈 수는 없다고 판단했다.

소빈의 야망이 어떤 식으로든 작용한다면 흑점과 잔결방의 대립이 벌어질 수 있었다.

잔결방이 그렇듯 흑점 역시 그와 잔결방의 관계를 전혀 모르기에 그럴 수 있는 가능성을 전혀 배제할 수 없었다.

설무백은 마음을 정하며 조극과 소빈을 불러냈다.

"조극, 소빈 이리 앞으로 나와라."

조극과 소빈이 어리둥절해하며 앞으로 나왔다.

다른 사람들도 무슨 일인가 싶은지 시선을 집중했다.

특히 그들을 대동하고 온 풍사와 철마립, 대력귀는 관심이 매우 지대한 눈빛이었다.

설무백은 주변의 관심과 상관없이 소빈에게 시선을 고정하며 말했다.

"나는 신(信)과 의(義)를 지고지상(至高至上)의 가치로 여기고, 지키지 못할 바엔 차라리 죽음을 달게 받는 사람을 원한다. 소빈 너는 그럴 수 있느냐?"

소빈이 힘주어 대답했다.

"예, 그럴 수 있습니다!"

설무백은 한차례 고개를 끄덕이고는 다시 말했다.

"그렇다면 너를 믿고 지시하마. 네가 만난 기연의 주인공인 전대의 흑도고수 벽안소요자 공손기는 잔결방의 십사대 방주이고, 당대 잔결방의 방주는 청면왜수 공손축이며, 그는 일찍이 내게 충성을 맹세한 수하다. 그러니 너는 지금 당장 북평으로 가서 그에게 네가 얻은 기연을 전부 다 전해 주고 와라. 할 수 있겠지?"

"⋯⋯!"

소빈이 크게 놀라고 당황한 눈치를 드러낸 채 잠시 머뭇거리다가 이내 고개를 깊이 숙이며 대답했다.

"예, 알겠습니다!"

설무백은 그저 묵묵히 인사를 받았다.

소빈이 잠시 다른 누구의 참견을 기다리는 듯한 눈치를 보였으나, 이내 장내에는 설무백의 명령에 반기를 들 수 있는 사람이 없다는 사실을 깨닫고 서둘러 밖으로 사라졌다.

장내의 시선이 그제야 새삼 설무백에게 집중되었다.

설무백은 그게 아랑곳하지 않고 이번에는 조극에게 시선을 주며 앞서 소빈에게 했던 말을 반복했다.

"나는 신(信)과 의(義)를 지고지상(至高至上)의 가치로 여기고, 지키지 못할 바엔 차라리 죽음을 달게 받는 사람을 원한다."

그리고 말미에 물었다.

"소빈은 그럴 수 있다고 했는데, 조극 너는 어떠냐?"

조극이 추호도 망설이지 않고 대답했다.

"예, 저도 그럴 수 있습니다!"

설무백은 그제야 앞서 소빈에게 내린 명령과 사뭇 다른 명령을 조극에게 내렸다.

"그렇다면 너를 믿고 지시하마. 은밀하게 소빈을 따라가서 그가 내 지시를 제대로 이행하는지 살피고, 제대로 이행하지 않을 시 그의 목을 베고 머리를 가져와라."

"……!"

조극이 앞선 소빈의 경우처럼 크게 놀라고 당황한 눈치를 드러낸 채 잠시 망설이다가 이내 고개를 깊이 숙이고 대답하며 자리를 떠났다.

"예, 알겠습니다!"

흑혈이 조극의 기척이 사라지기 무섭게 당황한 기색을 드러내며 감탄 아닌 감탄을 흘렸다.

"우리 사백님, 끔찍한 명령을 참 부드럽게도 내리시네."

"세상이 원래 그래."

설무백은 특유의 미온한 미소를 흘리며 잘라 말했다.

"끔찍해."

야제가 나서며 물었다.

"우리 사제가 아무런 이유도 없이 그런 명령을 내릴 사람이 아니지. 대체 무슨 일인 게야?"

장내의 모든 시선이 설무백에게 집중되었다.

야제가 대표로 나섰을 뿐인 것이다.

설무백은 실로 난감했다.

하지만 이미 답은 정해져 있었다.

전생의 사연을 설명할 수는 없는 일이니, 결국 그가 이럴 때마다 전가의 보도처럼 써먹는 예지력과 혜안밖에는 달리 답이 없는 것이다.

"소빈이는 지나치게 야심이 만만한 아이이니, 자칫 야망에 노예가 되어서 신의를 저버릴 수 있습니다. 작금의 세상에서 신의를 저버린 동료 하나는 천 명의 적보다 더 무섭습니다."

장내의 그 누구도 이의를 제기하지 않았다.

다행히도 급조한 그의 변명이 의외로 작금의 현실을 정확히 반영한 까닭이었다.

설무백은 그제야 홀가분한 마음으로 자리를 털고 일어났다.

"그럼 저는 이제 그만 가 보겠습니다."

야제가 아쉬워했다.

"벌써……?"

설무백은 어색하게 웃었다.

"벌써가 아니라 사실 예정에 없던 방문이었습니다. 아수라와 마후라가라는 서장의 승려들을 만나지 않았다면 지금쯤 벌써 사천으로 들어섰을 겁니다."

흑천신이 끼어들어서 물었다.

"사천당문으로 가던 중이었나?"

설무백은 고개를 끄덕이는 것으로 수긍하며 부연했다.

"일전에 점창파를 괴멸시키고, 사천당문을 공격했던 마교의 무리는 저하고도 악연이 깊습니다."

야제가 걱정스러운 표정으로 변해서 물었다.

"그들을 칠 생각인가?"

설무백은 웃는 낯으로 고개를 저으며 대답했다.

"아니요. 제가 제법 혈기가 왕성한 놈이긴 하지만, 저들의 일개 세력을 제압한다고 해서 마교를 무너트릴 수 없다는 사실 정도는 익히 잘 알고 있습니다."

"그럼 왜……?"

"저도 모릅니다. 무슨 일인지 사천당문에서 저를 좀 보자고 하네요."

야제와 흑천신이 고개를 끄덕이는 가운데, 혈뇌사야가 이채로운 눈빛을 보이며 그들의 대화에 끼어들었다.

"사천당문하고도 친분을 가지신 겁니까?"

설무백은 자신이야말로 의외라는 표정으로 혈뇌사야를 쳐다보며 반문했다.

"반응이 새롭네? 사천당문은 여타 문파들과 좀 다르게 생각하나 보지?"

혈뇌사야가 멋쩍은 얼굴로 고개를 끄덕였다.

"아무래도 좀 그렇습니다. 전부터 마교총단에서 가장 껄끄럽게 생각하는 부류 중에 하나니까요."

"그 얘기는 좀 자세히 들어 보고 싶군. 마교가 가장 껄끄럽게 생각하는 부류가 또 어디인지 말이야."

"지금요?"

"나중에."

설무백은 관심을 드러낸 얘기를 미루는 것으로 혈뇌사야와의 대화를 끝내고 자리를 떠나며 야제와 흑천신 등을 향해 거듭 당부했다.

"일전에 제가 말했듯 매사 서두르거나 조급해하지 마세요. 마교의 중원 입성은 어느 한 세력의 힘으로 막을 수 있는 것이 아니니, 그럴 바에야 차라리 그냥 길을 내주고 싸우는 것도 나쁘지 않은 방법이라는 것을 잊지 마시라는 겁니다."

강호무림의 세력은 명문대파나 무림세가만이 전부가 아니다.

군소방파나 가문들, 하다못해 지방 토호들의 심부름이나 하는 작은 흑도들도 보잘 것 없어 보이기는 하지만 엄연히 강호무림의 일각을 차지하고 있으며, 그들은 결코 쉽게 무너지지도, 사그라지지도 않는다.

따라서 어떤 세력이 강호무림을 장악했다고 해도 그것은 다분히 내보이기 위한 겉포장일 뿐, 진실과는 거리가 먼 경우가 허다하다.

강호무림의 기저에는 토착 세력으로서 뿌리 깊은 연고를 가지고 잡초처럼 끈질긴 생명력으로 살아남아 자칭 패주인 그들에게 저항하는 무리가 여전히 굳건하게 자리 잡고 있을 것이기 때문이다.

그러므로 천하의 어떤 거대 세력이라도 강호 무림을 차지하는 것은 단지 점령했다는 것일 뿐이지, 진정으로 차지한 것이 아니며, 차지하기 위한 시작에 불과했다.

그때부터 오랜 시간과 정성을 투자해서 지저에 자리한 토착 세력들을 제거하거나 완전히 포섭해야 하는 진무 활동에 성공해야만 비로소 그곳을 실제로 차지할 수 있는 것이다.

하지만 그것은 실로 요원하다고 말할 수 있을 정도로 성공가능성이 매우 희박한 과제이다.

천하는 생각보다 넓어서 상상하는 것보다 많은 인물이 살기

천외천의
주인

때문이다.

예로부터 천하의 그 어떤 세력도 강호무림을 차지하지 못했다는 역사가 명확하게 그와 같은 사실을 대변하는 방증이다.

설무백은 이미 오래전부터 주변의 모든 사람들에게 그것을 주지시키고 있었고, 오늘 그가 야제와 흑천신에게 건네는 당부도 바로 그와 같은 생각의 연장선상에 있었다.

천하를 점령하고 차지할 수는 있다.

누군가는 지배할 수 있을지도 모른다.

그러나 실로 가질 수는 없다는 것이 결코 변할 수 없는 설무백의 생각인 것이다.

"여부가 있겠나! 걱정 마시게!"

야제가 다부지게 대답하고는 특유의 해학적인 미소를 지으며 덧붙여 장담했다.

"여차하면 튀는 것이 이 우형의 장기라는 거 사제도 잘 알지? 우리 애들도 그래. 내가 잘 가르쳤지. 흐흐흐……!"

설무백은 피식 따라 웃고는 고개를 돌려서 곁에 대기하고 있던 풍사와 철마립, 대력귀를 향해 말했다.

"들었지? 여차하면 사형의 말처럼 재빨리 튀어서 풍잔으로 돌아가."

풍사가 어깨를 으쓱했다.

"저야 뭐 여기 생활도 나쁘지 않은데……?"

그의 시선이 철마립과 대력귀에게 돌려지고 있었다.

철마립이 그 시선에 바로 반응했다.

"저도 괜찮습니다."

대력귀가 짐짓 곱지 않는 눈초리로 풍사와 철마립을 노려보았다.

"지금 저만 나쁜 년 만들려는 거죠?"

풍사가 애써 그녀의 시선을 회피하며 설무백을 향해 공수했다.

"배웅은 못할 것 같습니다. 애들을 거꾸로 매달아 놓고 와서 그만 가 봐야겠습니다."

"저도 같은 이유로……!"

철마립이 서둘러 공수하며 밖으로 나서는 풍사의 뒤에 붙었다.

대력귀가 밖으로 나가는 그들을 어이없다는 눈빛으로 좇다가 이내 졌다는 듯 한숨을 내쉬며 손을 내저었다.

그녀는 이내 그들의 뒤를 따라가며 설무백을 향해 말했다.

"그냥 가지 마시고, 혈영이나 한번 찾아가 봐요. 무슨 할 얘기가 있는데, 거긴 고립무원이라 달리 연락할 방법이 없다며 여길 찾아왔었어요."

"그러지."

설무백이 웃는 낯으로 대답하고는 슬쩍 고개를 돌려서 흑혈을 바라보았다.

그의 시선을 마주한 흑혈이 동그래진 눈으로 어깨를 으쓱했다.

혈영이 흑점을 다녀간 상황을 전혀 모르고 있는 것이다.

그 순간, 야제가 흑혈의 뒤통수를 호되게 한 대 갈겼다.

빡-!

"윽!"

흑혈이 비명을 지르며 두 손으로 머리를 감싸고 웅크린 채 야제를 쳐다봤다.

야제가 눈을 부라린 얼굴로 한 대 더 때릴 것처럼 주먹을 높이 쳐들며 윽박질렀다.

"맡겨만 주면 귀신도 얼씬하지 못할 경계를 구축해 놓는다며? 그럼 지금 다녀갔다는 애는 누구냐? 귀신이 아니고 귀신 할아비냐?"

흑혈이 말문이 막힌 표정으로 자라목을 하며 원망스러운 눈빛으로 대력귀를 바라보았다.

"……."

대력귀가 그제야 자신의 실수를 인지한 듯 재빠른 총총걸음으로 풍사와 철마립의 뒤를 따라서 사라졌다.

그 바람에 원망 어린 흑혈의 눈빛이 설무백에게 돌려졌다.

설무백은 오히려 자못 사나운 눈총을 주며 구박했다.

"까불지 마. 혈영이 아니라 혈영 할아버지가 찾아왔어도 너는 알고 있었어야지. 마교가 그리 만만해? 거기에 혈영보다 뛰어난 은신술의 고수가 없을 것 같아?"

흑혈이 다 죽어 가는 표정으로 어깨를 축 늘어트렸다.

"죽을죄를……!"

설무백은 눈을 부라렸다.

"정말 죽을래?"

경고 차원에서 그냥 한번 해 본 이 말에 철면신이 반응해서 살기를 드러내며 나섰다.

흑혈이 바짝 긴장해서 말했다.

"저기, 사숙! 이 친구는 농담이 안 통하는뎁쇼?"

공야무륵이 슬쩍 철면신의 곁으로 나서며 물었다.

"나는 통할까?"

흑혈이 재빨리 부동자세를 취하며 소리쳤다.

"아닙니다! 살고 싶습니다, 사숙!"

"사숙……?"

"아, 아니, 주군!"

설무백은 재빨리 말을 바꾸는 흑혈을 사뭇 매섭게 주시하며 다잡았다.

"살고 싶으면 잘해! 천사교는 저들의 일각에 불과하다는 사실을 절대 잊지 마!"

"옙! 알겠습니다!"

흑혈이 빳빳한 부동자세로 대답했다.

그 모습을 보며, 야제가 좋다고 신나 했다.

"잘한다, 우리 사제……가 아니라 주인! 하하하……!"

설무백의 시선이 반사적으로 야제에게 돌아갔다.

야제가 절로 움찔했다.

"아니, 왜……?"

설무백은 안색이 변해서 야제와 흑천신을 번갈아 보며 자못 매섭게 추궁했다.

"이건 비단 흑혈만의 잘못이 아닙니다. 흑혈 위에 누가 있습니까? 삼태상 노야들께서 계시지 않습니까! 제가 이곳에 있지 않는 것은 노야들을 믿기 때문인데, 이런 식이면 정말 곤란합니다!"

"……."

야제와 흑천신이 졸지에 죄인이 되어 버린 모습으로 고개를 숙이며 눈치를 보았다.

천하의 야제와 흑천신이 그런 모습을 보이자 실로 우스우면서도 웃을 수 없는 묘한 느낌이었다.

설무백은 그에 아랑곳하지 않고 다시 말했다.

"이번 일을 기점으로 앞으로는 정기적으로, 아니, 부정기적으로 사람을 보내서 흑점의 경계를 확인할 테니, 그리 아세요."

"아니, 뭐 그렇게까지……!"

야제가 울상을 지으며 투덜거리다가 설무백의 시선을 마주하고는 재빨리 말을 바꾸었다.

"해야지! 해야 하고 말고! 알았네! 그리 알고 있겠네!"

흑천신이 그런 야제에게 한차례 눈총을 주고는 이내 설무백을 바라보며 물었다.

"어서 가야지? 바쁘다며?"

무던하기로 천하에서 둘째가래도 서러워할 흑천신 역시 어쩔 수 없는 사람이라 잔소리는 듣기 싫은 것이다.

설무백은 못내 피식 웃으며 돌아섰다.

흑혈은 재빨리 뒤따랐지만, 야제와 흑천신은 꼼짝도 하지 않고 그 자리에 서서 손을 흔들었다.

"우린 멀리 안 나가네."

막상 따라나선 흑혈도 그리 멀리 나오지는 않았다.

흑점의 두 번째 입구인 고서점을 앞에서 작별을 고했다.

"언제 다시 오시는 겁니까?"

"앞으로는 말하지 않고 올 거다."

"에구, 제발, 그러지 마세요!"

설무백은 울상으로 사정하는 흑혈을 뒤로한 채 웃으며 발걸음을 재촉해서 저잣거리를 벗어났다.

혈뇌사야가 그런 그의 곁으로 붙으며 말했다.

"겨우 누군지 알아봤습니다."

설무백이 시선을 주자, 그가 웃는 낯으로 다시 말했다.

"아까 그 두 늙은이들이요. 도둑들의 왕이라는 야제와 이십팔숙의 첫째, 대숙(大叔)인 구천노조 호연작이 아닙니까."

설무백은 웃었다.

"용케 알아봤네?"

혈뇌사야가 어색하게 웃는 낯으로 대답했다.

"마교총단에는 두 가지 명부가 있습니다. 하나는 마교의 고수 일천 명을, 소위 일천마군으로 불리는 마교의 서열을 매긴 마교혈맹록(魔敎血盟錄)이고, 다른 하나는 마교가 필히 제거해야 할 중원무림의 일천 고수를 기록해 놓은 무림살명부(武林殺名簿)지요. 그들, 두 사람 다 거기 기록되어 있어서 알아볼 수 있었습니다."

설무백은 절로 고개를 갸웃하며 웃었다.

"정말 별게 다 있네. 마교가 임의로 십천세라 명명한 무림의 고수들을 필두로 살명부를 작성했다는 얘기는 익히 들었지만, 그렇게나 오래전부터 시작된 일인지는 오늘 처음 알았군."

"십천세를 필두로 적은 그 살명부는 마교총단과 별개로 천사교가 만든 겁니다. 아, 그러고 보니……!"

혈뇌사야가 문득 안색이 변해서 설무백을 바라보며 두 눈을 끔뻑거렸다.

"얼마 전부터 설 공자를 십천세에 준하는 적도로 평가해야 한다는 얘기가 돌았습니다. 그때의 설 공자가 지금 제 앞에 있는 설 공자라니, 감회가 새롭네요. 한편으로 마교의 실책이 눈에 보이는 것 같아서 기분이 묘하기도 하고 말입니다."

"마교의 실책?"

설무백은 절로 호기심이 들어서 재우쳐 물었다.

"어떤 실책?"

혈뇌사야가 말했다.

"마교는 강합니다. 중원 무림의 그 누가 생각하는 것보다도 더 강하지요. 다만 그들은 그래서 뭉치지 못하고 오히려 분열되고 있습니다. 이 늙은이 역시 그랬으니, 그에 대해서는 두말할 나위가 없습니다. 반면에 중원 무림은 다릅니다. 뭉쳐 있지는 않지만, 뭉치고 있습니다. 전에는 몰랐는데, 이제는 알겠습니다. 뭉치고 있는 중원 무림의 중심에 누가 있는지도 말입니다."

그게 누구냐고 물어볼 필요는 없었다.

뜨겁게 달아오른 혈뇌사야의 눈빛이 그것을 말해 주고 있었다.

그 사람이 바로 당신이라고!

그것만으로 충분하고도 남음이 있었는데, 그는 굳이 말을 덧붙였다.

"마교는 지금 큰 실수를 하고 있는 겁니다. 보이지 않는 곳에서 중원 무림을 움직이는 손이 있음을 전혀 모르고 있으니까요. 설 공자는……!"

"금칠은 사양."

설무백은 절로 얼굴이 화끈거려서 재빨리 손사래를 치는 것으로 혈뇌사야의 말을 자르고 주변을 둘러보며 화제를 돌렸다.

"그보다 여기 어딜 텐데……? 저기다!"

대화를 나누는 동안 그들은 정주부의 동문 밖으로 나선 상태였는데, 잠시 주변을 둘러보던 설무백은 바로 찾을 수 있었다.

동문 밖으로 백여 장가량 떨어진 길목에 자리한 청솔(靑率)이라는 이름의 작은 객잔이었다.

설무백은 일행과 함께 곧바로 그 청솔객잔으로 들어갔다.

미시(未時 : 오후 1~3시)가 조금 지난 어중간한 시간이라서인지 청솔객잔의 객청에는 손님이 거의 없었다.

고작 대여섯 명의 사내만이 문가의 탁자에 앉아 있었는데, 그들도 제대로 된 손님은 아니었다.

설무백 등이 안으로 들어서자 반사적으로 일어난 그들 중 하나인 반백의 노인이 설무백을 알아보며 말했다.

"반갑습니다, 설 대협. 이 층으로 오르시지요."

설무백은 상대 중늙은이가 지난 언제가 안면을 익힌 남궁세가의 오랜 가신인 개벽신수 선우백이라는 사실을 기억해 내고 눈인사로 답례하며 그의 말에 따라 이 층으로 올라갔다.

선우백의 말마따나 거기 이 층에서 그녀들이 기다리고 있었다.

무림맹의 실세로 자리 잡아가고 있는 세 여인, 남궁세가의 자매인, 남궁유아와 남궁유화, 그리고 희여산이었다.

유일무이唯一無二 (2)

오늘의 설무백은 암중의 요미와 흑영, 백영을 제외하고도 늘 그림자처럼 동행하는 공야무륵과 철면신, 그리고 그들만큼이나 그의 곁에서 떨어지지 않는 혈뇌사야를 위시해서 검노와 환사, 태양신마를 대동하고 있었다.

객잔의 이 층에 앉아 있다가 일어나서 그들을 맞이한 세 여인, 남궁자매와 희여산은 그야말로 얼어붙어 버렸다.

설무백은 차치하고, 검노 등의 존재감에 완전히 압도당한 것이다.

그러나 누가 뭐래도 그녀들 역시 당대의 여걸들이었다.

통성명은 생략했으나, 이내 서로 간에 공수와 더불어 눈인사를 주고받으며 자리에 앉은 그녀들은 어렵지 않게 평정을 되찾았다.

"설 공자는 점점 더 딴 세상 사람으로 변해 가는 것 같네요. 이젠 이렇게 우리가 고개를 들고 마주해도 되는 건지 걱정이 되네요."

남궁유아의 농담 같지 않은 농담이었고.

"가능하면 동행하신 분들은 소개해 주지 마세요. 아무리 봐도 아는 게 부담일 분들로 보이니까요."

남궁유화의 엄살 같지 않은 엄살이었다.

그런 그녀들과 달리 희여산은 어디까지나 냉정한 눈빛으로 설무백에게 집중하며 말했다.

"확실히 변했네요. 이젠 정말 나로는 안 될 것 같군요."

설무백은 그저 빙긋 웃는 것으로 대수롭지 않게 그녀들의 반응을 무마하며 늘 그렇듯 거두절미하고 사안에 바로 들어갔다.

"안 그래도 한번 찾아갈 생각이긴 했소. 그래, 무슨 일로 전에 없이 먼저 만나자고 연락을 한 거요?"

그랬다.

설무백의 말마따나 이번 만남은 때마침 그녀들의 연락으로 인해 마련된 자리인 것이다.

남궁유화가 남궁유아와 희여산을 번갈아 보았다.

그녀의 시선을 마주한 남궁유아와 희여산이 묵묵히 고개를 끄덕였다.

남궁유화가 그제야 말했다.

"다름이 아니라, 제갈 군사가 깨어난 것 같아요."

"깨어난 것 같다?"

설무백이 말꼬리를 잡으며 고개를 갸웃하자, 남궁유화가 바로 부연했다.

"대외적으로는 아직 깨어나지 않았어요. 마황동의 사건 이후 내내 혼수상태를 유지하고 있죠."

"그런데 사실은 아니다?"

"그래요. 그날 이후 면밀하게 살피고 있었는데, 정황상 깨어났어요. 다만 다른 사람들을 마주하기 싫은지 연극을 하는 것 같아요."

설무백은 미간을 찌푸리며 새삼 고개를 갸웃했다.

"이상하군. 바보도 아니고, 언제까지 그럴 수 없다는 것을 그 사람이 더 잘 알 텐데 말이야."

남궁유화가 적극 동의했다.

"그게 제가 하고 싶은 말이에요. 당시에 의심을 한 몸에 받고 있었다는 것을 모를 리가 없으니, 진위 여부를 떠나서 다른 사람들을 만나기 싫겠죠. 특히나 당시 생존한 명숙들이 다들 두 눈 시뻘게져서 제갈 군사가 깨어나기만을 기다리고 있다는 사실도 익히 잘 알 테니, 더욱 그럴 거예요. 하지만……!"

그녀는 고개를 절레절레 흔들었다.

"언제까지 그렇게 버틸 수 없다는 것 또한 모르지 않을 텐데, 당최 왜 그러는지 이유를 모르겠어요."

설무백은 불쑥 물었다.

"정말 몰라?"

남궁유화가 삐딱하게 바라보며 반문했다.

"왜 또 하대예요? 다 좋으니까 하나로만 가죠, 우리? 존대든, 평대든, 하대든 말이에요."

"실수요."

설무백은 대수롭지 않게 잘라 말했다.

"근데, 그런 거 너무 민감하게 신경 쓰지 맙시다. 그때그때 편하게 대해도 좋지 않소?"

남궁유화가 잠시 물끄러미 설무백을 바라보다가 이내 어깨를 으쓱하며 수긍했다.

"뭐, 그것도 나쁘지 않네요."

설무백은 픽 웃는 것으로 분위기를 쇄신하며 원점으로 돌아가서 물었다.

"아무튼, 그가 왜 그러는지 정말 모르오?"

남궁유화가 멋쩍게 입맛을 다시며 대답했다.

"어렴풋이 예측은 하고 있어요."

"뭐요, 그게?"

"시간이 필요한 모양이에요."

"무슨 시간?"

"당연히 자신의 문제를 해결할 수 있는 혹은 해결될 수 있는 시간 아니겠어요?"

설무백은 고개를 저으며 심드렁하게 말했다.

"그런 원론적인 얘기로 나를 떠볼 생각하지 말고, 그냥 생각하고 있는 바를 말해 보시오. 무슨 일이 벌어지면 그가 그날의 의심에서 자유로워질 수 있다고 생각하오?"

남궁유화가 잠시 뜸을 들이다가 이내 질끈 입술을 깨물며 대답했다.

"무림맹의 와해, 또는 붕괴예요."

설무백은 이제야 만족한 표정으로 고개를 끄덕이며 물었다.

"그가 그것을 위해 무슨 일을 할 수 있을 것 같소?"

남궁유화가 이번에는 주저하지 않고 바로 대답했다.

"마교를 부추겨서 전격적인 기습을 감행하거나, 무림맹의 주체가 되는 요인들을 암살하는 거예요. 물론 그 요인 암살에는 우리도 포함되어 있고요."

설무백은 고개를 끄덕이는 것으로 수긍하며 말했다.

"후자의 경우가 더 가깝겠군."

남궁유화가 동의했다.

"저도 그렇게 생각해요. 안 그래도 점창파의 사태로 인해 무림맹의 무용론이 대두되고 있어요. 다들 점창파의 경우처럼 자신들의 본산이 당할 때는 정작 무림맹이 나설 수 없다는 것을, 적어도 곧바로 대처할 수 없다는 것을 인지한 후라 이미 구대문파를 포함한 대부분의 방파들이 제자들의 숫자를 줄인 상태예요. 이 마당에 몇몇 요인들이 영내에서 암살당한다면 무림맹은 여지없이 와해되고 말 거예요."

설무백은 잠시 뜸을 들이다가 불쑥 물었다.

"무림맹의 와해가 중원무림에 치명적이라고 생각하나?"

남궁유화가 예기치 못했던 질문인지 잠시 당황한 기색으로 머뭇거리다가 대답했다.

"치명적이라고 생각하지는 않아요. 다만 그간 우리 백선이 들인 공이 아깝죠. 구대문파의 전력이 적잖게 빠져나간 탓이긴 해도, 이제 겨우 무림맹의 실세로 등극한 마당에 와해라니, 너무 아깝지 않겠어요?"

"그 이유라면……."

설무백은 고개를 끄덕이는 것으로 수긍하며 대답했다.

"알았어. 그건 내가 처리하도록 하지."

남궁유화는 살짝 미간을 찌푸렸다.

어이없다는 표정이었다.

"너무 쉬운 거 아닌가요?"

"뭐가?"

"뭐긴요. 방금 그 말이요. 그리 쉽게 대답하니까 그간 골머리를 싸매다가 결국 답을 찾지 못하고 당신을 호출한 우리가 너무 무능력해 보여서 민망하잖아요."

설무백은 대답을 뒤로 미룬 채 잠시 손가락으로 관자놀이를 긁었다.

망설임이었다.

그가 아는 전생의 기억에 따르면 무림맹은 구대문파가 본산의 방어를 위해 전력을 빼기 시작하면서 서서히 와해된다.

어쩌면 그의 개입으로 인해 전생과 다른 방향으로 흘러갈 수도 있다고 기대했는데, 아무래도 아닌 것 같았다.

지금 돌아가는 상황을 보니 그가 아는 전생의 전철을 그대로 밟고 있었다.

이걸 어떤 식으로 말해 줘야 좋을지 심히 고민스러웠다.

당장은 거북해도 솔직한 게 낫긴 하다.

하지만, 아직 희망을 버리기엔 이른 감도 없지 않아 있었다.

결국 설무백은 마음을 다잡고 말했다.

"너무 애쓰지 마."

남궁유화가 미간을 찌푸렸다.

"무슨 말이에요, 그게?"

설무백은 에둘러 대답했다.

"나는 작금의 무림맹을 유지하는 것이 딱히 우리의 싸움을 승리로 이끄는 데 절실하게 필요한 부분이라고 생각하지 않아. 구대문파를 포함한 각대문파가 자신들의 본산을 포기하지 않는 한 진정한 의미의 무림맹이 아니라고 생각하거든."

남궁유화가 예리하게 그의 속내를 읽었다.

"당신은 이미 무림맹이 와해될 것이라고 생각하는군요. 그런가요?"

설무백은 무심하게 반문했다.

"내 생각이 중요한가?"

남궁유화가 단호하게 대답했다.

"중요해요. 내가 백선의 일원이 된 것은 당신이 작금의 강호무림을 지킬 수 있는 몇 안 되는 사람들 중에 하나라고 생각했기 때문이니까요."

설무백은 어깨를 으쓱였다.

"그건 너무 과분한 믿음이군."

"조금도 과분하지 않아요."

남궁유화가 약간 기분이 상한 표정으로 잘라 말했다.

"당신이 아니었으면 무림맹은 지난번 마황동 사건이 벌어졌을 때 이미 와해되었을 테니까요."

설무백은 못내 어색한 표정으로 고민하다 이내 마음을 정하고, 남궁유화와 남궁유아, 희여산을 둘러보며 힘주어 말했다.

"솔직히 말해서 무림맹이 와해될지 안 될지는 나도 몰라. 다만 나는 무림맹이 와해되지 않길 바라. 그러니까, 불확실한 일을 가지고 왈가왈부할 게 아니라 이렇게 하지. 당신들은 무림맹이 와해되지 않도록 최선을 다해. 나 역시 물불 안 가리고 최선을 다해서 당신들을 지원할 테니까. 어때? 괜찮은 방법이지?"

남궁유화가 슬쩍 남궁유아와 희여산을 둘러보았다.

남궁유아는 불만 없다는 표정으로 어깨를 으쓱하고, 희여산은 가만히 고개를 끄덕이는 것으로 수긍을 표시했다.

남궁유화가 그제야 설무백을 바라보며 대답했다.

"좋아요. 대신 하나만 더 부탁할 게 있어요."

설무백은 정말 무슨 부탁일지 상상이 안 가서 어리둥절해하며 물었다.

"무슨 부탁?"

남궁유화가 말했다.

"만에 하나 작금의 무림맹이 와해되면 나는 아니, 우리는 무림세가를 축으로 새로운 무림맹을 조직할 거예요. 그때 당신을 맹주로 추대할 생각이니 그리 알고 계세요."

"……!"

설무백은 한 방 맞은 것처럼 멍해졌다.

실로 꿈에도 예상치 못한 말이라 말문이 막혀 버렸다.

남궁유화가 대답은 듣지 않아도 된다는 듯 그대로 자리를 털고 일어나며 대화를 끝냈다.

"그럼 우리는 이만……! 우리 세 사람이 너무 오래 자리를 비우는 건 좋지 않거든요."

"아니, 저기……!"

"그럼 제갈 군사에 대한 처리 잘 부탁해요."

남궁유화는 말을 자르고 사내처럼 포권의 예를 취하며 돌아섰다.

남궁유아와 희여산도 마치 사전에 약속이라도 한 것처럼 후다닥 일어나서 그녀의 뒤를 따라갔다.

검노가 단호하게 사라지는 그녀들의 뒷모습을 바라보며 히 죽 웃었다.

"야무진 아이로고."

환사가 다른 말이지만 같은 의미를 담은 말로 맞장구를 쳤다.

"무림맹이 쉽게 와해되지는 않겠네요."

태양신마가 그들과 상관없이 다른 생각으로 감탄했다.

"그새 빙백의 진전을 상당한 경지로 끌어올렸군. 이제는 나도 만만히 볼 수 없겠네그려."

희여산을 두고 하는 말이었다.

설무백은 와중에도 그 말에는 동감하는 바라 의지와 무관하게 고개를 끄덕였다.

그도 희여산의 경지가 이전과 다르게 비약했음을 느낀 것이다.

"그건 그렇고, 엄청 진지해졌는걸?"

환사가 묘하게 웃으며 질문도 아닌 태양신마의 중얼거림에 답했다.

"좋아하는 사람 앞에서 진지해지는 것이 모든 인간의 속성이라오."

태양신마가 그게 무슨 소리냐는 듯이 미간을 찌푸리며 환사를 쳐다보다가 이내 시선을 돌려서 설무백을 바라보았다.

환사가 묘하게 웃는 낮으로 설무백을 바라보고 있었다.

설무백은 말도 안 되는 소리라고 생각하며 그들을 외면했다.

그때 혈뇌사야가 나서며 실로 뜻밖의 말을 설무백에게 건넸다.

"제갈 군사라는 자가 제갈세가의 가주인 천애유사 제갈현도를 말하는 거라면 제가 좀 아는 바가 있습니다만?"

설무백은 의외의 말에 안색이 변해서 혈뇌사야를 바라보았다. 그의 시선을 마주한 혈뇌사야가 별거 아니라는 듯 말을 더했다.

"우연찮게 그자가 유명전의 야율척과 만나는 것을 봤습니다."

장내의 사람들이 암중에 웅크린 존재를 느낀 것은 그때, 혈뇌사야의 말을 들은 설무백이 반색하는 순간이었다.

혈뇌사야와 태양신마의 안색이 변했고, 철면신이 설무백의 곁으로 붙었다.

검노와 환사, 공야무륵이 예사롭지 않게 변한 눈빛으로 설무백을 바라본 것도, 암중의 요미와 흑영, 백영이 반사적으로 위치를 바꾸다가 일순 멈춘 것도 그때였다.

다들 저마다 다른 반응을 보인 것은 암중의 존재를 알고 모르고의 차이였다.

이내 모습을 드러낸 그 존재의 정체가 바로 혈영이었기 때문이다.

혈뇌사야와 태양신마는 잡으려 했고, 검노와 공야무륵 등은 그런 그들을 막으려 했던 것이다.

"주군을 뵙습니다."

홀연히 나타난 혈영이 아무렇지도 않게 설무백 앞에 서서 공수했다.

한순간 무거워졌던 장내를 공기가 그 순간에 사그라졌다.

"저 친구였군. 그새 기도가 변해서 몰라봤네."

태양신마가 쓰게 입맛을 다시며 중얼거렸다.

아는 처지에 몰라봐서 무안한 기색이었다.

혈영의 기도가 사뭇 다르게 진보한 것이다.

혈뇌사야도 민망한 표정이었다.

"다들 신경을 쓰지 않기에 왜 그러나 했는데, 그래서였군."

설무백은 그런 그들의 반응을 보자 기분이 묘해졌다.

그가 보기에도 혈영의 은신술은 과거와 달랐다.

월등히 비약한 상태였다.

그럼에도 불구하고 지금 그의 곁에 있는 사람들은 대번에 혈영의 접근을 간파했다.

지금 그가 얼마나 뛰어난 고수들을 거느리고 있는지 실감되는 모습이었다.

혈영도 그와 같은 기분이 드는지 안색이 변했다.

작금의 상황이 그에게는 마냥 기뻐할 일이 아닌 것이다.

특히 혈영은 은연중에 혈뇌사야와 철면신을 경계하고 있었다.

다른 사람들은 둘째 치고, 낯선 그들이 자신의 접근을 쉽게 간파했다는 사실이 못내 마음에 걸리는 모양이었다.

　설무백은 와중에 그걸 느끼고는 싱긋 웃으며 말했다.

　"너무 마음 쓰지 마. 한 사람은 마도오문의 하나인 혈가의 가주고, 다른 사람은 나조차 쉽게 상대할 수 없는 무신(武神)이니까."

　혈영의 눈이 커졌다.

　다른 무엇보다도 혈뇌사야의 정체에 놀란 것이다.

　그는 바로 뚫어지게 혈뇌사야를 바라보았다.

　"자세한 얘기는 나중에 하기로 하고……."

　설무백은 웃는 낯으로 말문을 돌렸다.

　"무슨 일이야? 네 성격에 얼굴이나 보자고 왔을 리는 없고, 무슨 일이 있는 거야?"

　혈영이 멋쩍은 표정으로 대답했다.

　"혼자 있다 보니 저도 성격이 변해서 외로움을 타나 봅니다. 주군이 오셨다는 얘기는 들었는데, 주군 성격에 무슨 일이 있어도 저를 보러 오실 것 같지 않아서 겸사겸사 핑곗거리를 만들어서 왔습니다."

　"어떤 핑계?"

　"제갈현도가 깨어났습니다."

　설무백은 픽 웃었다.

　"과연 핑계군."

혈영이 새삼 멋쩍은 표정을 지으며 대답했다.

"다른 핑곗거리도 하나 더 있습니다."

"⋯⋯?"

설무백은 어리둥절했다.

혈영이 슬쩍 좌중을 둘러보며 의미심장하게 물었다.

"여기서 그냥 말해도 될까요?"

설무백은 바로 알아들었다.

그는 애써 무심을 가장하며 자리를 털고 일어났다.

"아니, 가면서 얘기하지. 안 그래도 제갈 군사를 한번 만나 볼 생각이었어. 그리 오래 걸리진 않을 테니까, 다들 그냥 여기서 기다려요. 너도. 그리고 요미와 흑영, 백영도."

공야무륵이 싫지만 어쩔 수 없다는 듯 고개를 숙이는 참인데, 암중의 요미가 뾰족한 목소리로 말했다.

"나는 싫어요!"

"싫다고 얘기라도 해 주니 고맙구나."

설무백은 이미 예상한 바라 손을 내젓는 것으로 그냥 넘어갔다.

무슨 말을 해도 요미는 따라올 거라 생각하고 있었다.

"헤헤⋯⋯!"

암중의 요미가 기쁘게 웃었다.

설무백은 새삼 손을 내젓고는 혈뇌사야를 향해 말했다.

"같이 가죠?"

혈뇌사야가 잠시 뜸을 들이다가 불쑥 물었다.

"이제 같은 편이라고 생각해서 존칭을 쓰는 겁니까, 아니면 거리를 두려고 존칭을 쓰는 겁니까?"

설무백은 쓰게 웃으며 대답했다.

"그냥 별생각 없이 말하는 거야. 우리 그런 거 따지지 말자, 응?"

혈뇌사야가 그제야 자리에서 일어났다.

"그럼 가야죠."

"어렵다, 어려워."

설무백은 짐짓 한숨을 내쉬며 돌아서서 장내를 빠져나갔다.

철면신이 그림자처럼 뒤를 따랐고, 혈뇌사야가 그 뒤에 붙었다.

철면신도 떼어 놓고 가려 했지만, 이내 그냥 포기했다.

그의 명령이 아니면 쉽게 움직이지 않고, 무엇보다도 그가 없으면 매우 불안해하는 철면신의 특성상 무슨 사고가 일어날지 몰라서 불안했다.

다행인 것은 철면신이 그의 명령 아래서 그만큼 빠르고 기민하게 움직인다는 사실이었다.

그걸 익히 잘 아는 설무백은 객잔을 나서기 무섭게 바로 경공을 시전해서 빠르게 내달렸다.

눈부신 속도였다.

혈뇌사야와 암중의 요미, 그리고 철면신이 조금도 무리하는 기색 없이 그런 그의 뒤를 따라왔다.

그 덕에 어스름이 깔리기 시작하는 저녁이긴 해도, 그만이 아니라 혈뇌사야와 철면신 역시 일단 한번 보면 절대 쉽게 잊지 않을 만큼의 특이한 용모와 기세를 가지고 있는데, 적잖은 사람들이 오가는 거리에서 그들의 모습과 기척을 보거나 느낄 수 있는 사람은 없었다.

그리고 그와 같은 상황은 그들이 무림맹의 담을 넘어서 영내의 심처에 자리한 제갈현도의 거처인 전각에 잠입할 때까지 이어졌다.

무림맹의 경계가 허술한 것이 아니었다.

은신술이 내재되어 있는 그들의 경신술이 그처럼 뛰어났기 때문이다.

재미있는 것은 제갈현도의 거처였다.

무림맹의 경계보다 제갈현도의 거처가 더욱 철저한 경계를 펼치고 있었다.

물론 설무백 등의 눈에는 도토리 키 재기에 불과했으나, 그것만으로도 남궁유화나 혈영의 예측이 틀리지 않았다는 느낌이 들었다.

"주변의 경계를 잠재우는 게 좋겠군."

"……?"

설무백의 말이 떨어지기 무섭게 나서던 혈영이 어리둥절해서 멈추었다.

설무백이 그의 소매를 잡은 채 혈뇌사야를 쳐다보고 있었다.

"하긴, 마교가 나선 것으로 하는 게 좋지요."

혈뇌사야가 예리하게 바로 이해하며 재우쳐 물었다.

"근데, 아주요? 아니면 잠시요?"

설무백은 눈살을 찌푸리며 주의를 주었다.

"불필요한 살상은 하지 않는 게 좋아."

"아쉽군요."

혈뇌사야가 쓰게 입맛을 다시며 돌아섰다. 그리고 그대로 핏물처럼 흐물흐물 녹아내려서 바닥으로 스며들어 갔다.

암중의 요미가 감탄했다.

"노인네가 제법인걸?"

놀라서 바라보고 있던 혈영이 문득 눈을 빛내며 말했다.

"과거 중원을 침공했던 혈교의 지옥혈제 파릉의 무공이 마교의 십대마공 중 하나인 혈무사환공이라고 하지요. 제가 보기에는 같은 계열의 마공으로 보이는데, 혹시 파릉도 혈가의 가주가 아니었을까요?"

"나중에 직접 물어봐."

설무백은 대수롭지 않게 대꾸하며 발길을 옮겼다.

그들이 들어선 전각의 내부는 현관에서부터 시작된 복도가 중앙을 가로지르는 형태였고, 복도의 좌우에는 각기 하나씩의 문이 달려 있었다.

그중 어느 것이 제갈현도의 침실인지는 굳이 문을 열고 확인해 볼 필요가 없었다.

인기척이 있는 침실은 우측의 문으로 들어가는 침실 하나뿐이었다.

문 안쪽에는 좌우로 한 명씩, 두 명의 경계가 서 있었다.

설무백이 상관하지 않고 문을 열고 안으로 들어갔다.

그와 동시에 문 안쪽에 서 있던 그 두 명의 사내가 스르르 주저앉았다.

요미의 솜씨였다.

쓰러지는 사내들 옆에서 그녀가 싱긋 웃고 있었다.

설무백은 문가에 서서 방을 둘러보았다.

대략 이십여 평의 공간인 방이었다.

중앙에는 향이 피어나는 작은 향로가 놓여 있고, 창가에 다탁이 배치되어 있었으며, 창문이 없는 반대편에는 각종 서적이 꽂힌 책꽂이와 의복을 걸어 놓은 벽장이 놓여 있었다.

그리고 문을 마주 보는 안쪽의 벽에 사주 침상이 놓여 있는데, 거기 제갈현도가 파랗게 질린 얼굴로 앉아 있었다.

자객으로 보이는 침입자를 보고도 그 어떤 비명을 지르지 않는 것은 분노하지 않아도 위엄을 드러내는 설무백의 기상에 압도당해서일까, 아니면 이미 자신의 처지를 직감한 선견지명일까?

아니, 어쩌면 소란을 피웠다가 자신이 혼절에서 깨어난 상태임이 드러날 수도 있다고 두려워하는 것인지도 몰랐다.

이유야 어쨌든 설무백에게 나쁠 것은 없었다.

"현명한 판단이야. 괜한 소란을 피우면 당신만 다칠 테니까."

설무백은 대수롭지 않게 말하며 창가의 다탁에 놓인 의자 하나를 가져와서 제갈현도의 면전에 놓고 앉았다.

제갈현도가 꼼짝도 하지 않고 바라보다가 그제야 설무백을 알아보았다.

"너, 너는……!"

"쉿!"

설무백은 손가락 하나를 입술에 대서 조용히 하라는 시늉을 하며 말했다.

"우리가 뭐 서로 통성명을 하고 지낼 사이는 아니니까, 그냥 바로 본론으로 들어가도록 하지. 지금부터 내가 몇 가지를 물을 건데. 솔직하게만 대답해 준다면 제갈세가가 멸문하고 맥이 끊어지는 사태는 막을 수 있을 거야."

"……!"

제갈현도가 꿀꺽 소리가 나도록 침을 삼켰다.

주눅이 들다 못해 바짝 얼어붙어 버린 모습이었다.

그도 그럴 것이, 나직한 설무백의 목소리에는 그 정도로 그를 위축시키는 힘이 있었다.

그는 비굴하게 납작 엎드렸다.

"말해 보시오! 내가 아는 것이라면 전부 다 대답해 주겠소!"

굴복이 아니었다.

기만이었다.

지금 이 순간만 넘기면 되었다.

지금 이 순간만 넘기고 생존할 수 있다면 비굴함 따위는 아무래도 좋았다.

백 번도, 천 번도 비굴할 수 있었다.

지금의 그는 인생의 절정기를 맞이할 기회를 잡고 있었기 때문에, 강호무림의 진정한 대협으로 추앙받으며 제갈세가를 천하제일세가로 일구는 평생의 숙원을 이룰 기회를 잡고 있었기 때문에 그랬다.

그런 그를 주시하며 비위가 상한다는 듯 설무백의 미간이 찌푸려졌다.

설무백은 그의 속내를 훤히 들여다보는 것처럼 냉정하게 경고했다.

"한 번만 더 내가 묻지 않은 말을 하면 죽는다."

제갈현도는 다시금 소리가 나도록 마른침을 삼켰다.

그러면서 더는 설무백을 자극하지 않기 위해서 찍소리도 내지 않고 참았다.

설무백이 그의 반응에 상관없이 무심하게 본론을 꺼냈다.

"마교 유명전의 고수 야율척을 만난 이유가 뭐냐?"

"……!"

제갈현도는 일순 멍해졌다.

거대한 쇠뭉치로 머리를 한 대 맞은 것 같았다. 아니, 도저히 벗어날 수 없는 수렁에 빠진 기분이었다.

대체 이자가 그걸 어떻게 알고 있단 말인가?

설무백이 같잖다는 눈빛으로 그를 바라보며 끌끌 혀를 찼
다.

"됐다. 듣지 않아도 알겠다. 당신 같은 작자가 꾸는 꿈이야
뻔하지. 헛된 야욕에 눈이 멀어서 그게 독주인 줄도 모르고 마
시는 게 당신 같은 작자의 꿈이고, 이상이 아니겠나. 그 오랜
시간을 혼절에서 깨어나지 않은 것처럼 연극을 하고 있었던 것
도 지금 보니 단지 의심의 눈초리에서 벗어나기 위한 술수가
아니었구나. 그들의 도움을 기다리고 있었던 거야. 그렇지?"

"……!"

제갈현도는 말문이 막혀 버렸다.

그의 동공은 공포로 인해 크게 확대되어 버렸고, 전신은 의
지와 무관하게 사시나무 떨듯이 경련을 일으켰다.

설무백이 비웃듯이 재차 물었다.

"그래, 그들은 언제 도착하나?"

제갈현도는 불길한 예감이 머리끝에서부터 발끝까지 직선
으로 관통하는 듯한 전율에 겨워 새삼 몸을 떨었다.

실로 최악이었다.

상대 설무백은 이미 그가 감추고 싶은 모든 것을 다 파악하
고 있었다.

그는 그대로 바닥에 고꾸라지듯 엎드렸다.

"사, 살려 주시오! 약속하리다! 지금 당장 모든 것을 다 포기하고 귀향하겠소!"

제갈현도는 굳이 변명하지 않았다.

와중에도 그는 변명해 봐야 아무 소용이 없다는 것을 느끼고 있었다.

설무백 같은 사내에게 변명은 구차한 핑계일 뿐이며, 오히려 심기를 더욱 자극하는 행위라는 것을 그는 익히 잘 알고 있었다.

실제로 설무백은 그런 그의 심계 어린 태도에 마음이 동했다.

그러나 결론적으로 말해서 설무백은 그의 심계에 넘어가지 않았다.

기본적으로 날카로운 그의 이성은 상대를 기만하려는 태도를 못 구분하지도 않았고, 온전한 진심과 진심을 가장한 가식을 혼동하지도 않았다.

그는 제갈현도의 말을 수긍하는 것처럼 고개를 끄덕이며 무심하게 말했다.

"제갈세가의 명맥을 유지할 수 있는 마지막 기회를 주지. 제갈세가에서 마교와 손을 잡은 당신에게 동조하는 자가 누구누구지?"

"……그들은……."

결국 체념하고 포기한 제갈현도의 입에서 스물다섯 명의 이름이 나왔다.

모두가 제갈세가의 중핵을 이루는 인물들이었다.

그들, 스물다섯 명의 인물은 그날 저녁 모두 다 죽었고, 제갈현도 역시 침상에서 죽은 채로 아침을 맞이했다.

무림맹이 발칵 뒤집어진 그날 아침, 설무백은 이미 일행과 함께 섬서성으로 들어서서 사천으로 향하고 있었다.

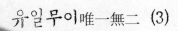
유일무이唯一無二 (3)

"여기서 헤어지죠?"

섬서성으로 들어서서 이름 높고 지세 높은 명산이요, 세칭 중원오악 중 서악(西岳)이라고 불리는 화산과 화산에는 조금 못 미치지만, 화산과 마찬가지로 구대문파의 하나인 종남파가 자리 잡고 있어서 유명한 종남산 사이에 자리한 도시인 상주부(商州府)를 목전에 둔 시점이었다.

설무백은 검노와 환사, 태양신마에게 작별을 고했다.

검노가 투덜거렸다.

"그렇게 걱정되시나 그래?"

풍잔을 두고 하는 말이었다.

설무백은 굳이 속내를 감추지 않고 인정했다.

"다른 건 다 걱정이 된다는데, 마교총단의 움직임은 정말 예측하기가 어려워서 실로 걱정이 됩니다. 그들이 움직이면 예하의 모든 세력이 준동할 테니까요. 하물며 본의 아니게 마교총단의 길목을 막고 있는 게 우리 풍잔이 아닙니까."

"쳇! 사실이 그러니 반박할 수가 없군."

검노가 혀를 차며 싫지만 어쩔 수 없다는 듯 고개를 끄덕였다.

환사가 같은 표정, 같은 기색으로 설무백의 곁에 서 있는 혈뇌사야와 철면신, 공야무륵, 그리고 암중의 요미 등을 둘러보며 말했다.

"걱정할 필요는 없는 거겠죠?"

혈뇌사야가 고까운 표정으로 한마디 했다.

"거참, 자존심 상하네."

환사가 혈뇌사야를 노려보는데, 태양신마가 맞장구를 치며 돌아섰다.

"나라도 그러겠네."

환사의 곱지 않은 시선이 태양신마에게 돌아가자, 이번에는 검도가 슬쩍 손을 드는 것으로 작별을 고하며 태양신마의 뒤를 따랐다.

"나중에 봅시다, 주인."

환사가 그제야 못내 아쉬운 표정으로 설무백을 바라보며 물었다.

"당문의 일만 보고 바로 오시는 거죠?"

설무백이 대답하기도 전에 검노가 버럭 악을 썼다.

"지지리 궁상떨지 말고 어서 빨리 와!"

환사가 삐딱해진 눈빛으로 검노를 노려보았다.

설무백은 급히 환사를 다독였다.

"그리 오래 걸리지 않을 테니, 걱정 마요."

"알겠습니다. 몸 보중하시고 잘 다녀오세요."

환사가 그제야 조금 풀어진 기색으로 작별을 고하고 돌아서서 후다닥 달려가서는 검노의 어깨를 밀쳤다.

"내가 언제 궁상을 떨었다고 그래요?"

"일 보러 가는 주인 바짓가랑이 잡고 늘어지는 게 그럼 궁상이 아니냐?"

"바짓가랑이를 잡긴 누가 바짓가랑이를 잡아요?"

"누가 정말 손으로 바짓가랑이를 잡았다는 거냐? 말이 그렇다는 거지, 이 무식아!"

"뭐, 무식……? 정말 한번 해 보자 이겁니까?"

"오, 눈깔을 치켜뜬다 이거지?"

"내가 눈깔 치켜뜨지 못할 건 또 뭡니까?"

설무백은 듣다못해 한숨을 내쉬며 발을 크게 굴렸다.

'쿵' 하는 소리와 함께 대지가 진동하고, 주변의 공기가 우렁우렁 울며 사납게 요동쳤다.

반경 이십여 장 내의 대지가 들썩이고, 우후죽순처럼 펼쳐진 주변의 아름드리나무들이 부르르 떨며, 우수수 떨어진 이파리들이 때아니게 쏟아진 함박눈처럼 휘날렸다.

"……."

실랑이를 벌이며 멀어지던 검노와 환사가 함구하며 움찔했다. 뒤를 돌아보진 않았으나, 눈치를 보는 기색으로 조용히 발길을 재촉하며 멀어지고 있었다.

설무백은 그제야 피식 웃는 낯으로 손을 내저으며 발길을 돌렸다.

철면신이 늘 그렇듯 무심하게 그를 따르고, 공야무륵도 으레 있는 일이라는 듯 아무렇지도 않게 그의 뒤에 붙었다.

소리 없이 웃은 혈뇌사야가 뒤늦게 설무백의 곁으로 붙으며 말했다.

"재미있군요."

"뭐가?"

"늙은이들의 재롱이요."

설무백은 인정했다.

"그렇긴 하지."

혈뇌사야가 잠시 물끄러미 설무백을 바라보다가 말했다.

"저런 뇌괴들이 저렇게나 설 공자의 한마디에 껌뻑 죽으며 기를 펴지 못하고 순응한다는 사실이 놀랍다는 얘기입니다."

설무백이 웃었다.

"영감도 그렇잖아?"

"저야……!"

"내가 천마공자의 핏줄이라고 생각해서다?"

"……."

혈뇌사야가 말문이 막힌 표정으로 잠시 침묵하다가 불쑥 물었다.

"그러는 설 공자님은 이 늙은이를 왜 받아 주신 겁니까?"

설무백은 답변 대신 물었다.

"내가 마교를 싫어하고 적대하는 이유가 뭔지 알아?"

"……뭡니까?"

"자기 잇속만 채우려는 야욕에 눈이 멀어서 사람이기를 포기해서야. 자연의 순리를 거스르고 역행하는 것도 모자라서 인신공양(人身供養)마저 기꺼이 수행하는 그 광기를 나는 인정할 수 없어."

"마교의 본령(本領)을 부정하시는 거군요."

"마교의 본령이 뭔데?"

"완성된 인간이 되는 겁니다. 그리고 그러기 위해서는 인간이 본래 가지고 있던 힘을 되찾아야 하고, 또한 그러기 위해서라면 그 어떤 존재의 힘을 가져다 써도 무방하다는 겁니다. 본디 인간은 그 어떤 존재보다도 우월한 존재이기 때문에 말입니다."

"인신공양을 해 가면서까지 말이지?"

"귀신의 힘을 얻으려는 수단이지요."

"그러니 사도고, 옳지 않은 거야. 완성된 사람이 되려고, 자기의 욕심과 행복을 위해서 다른 사람을 제물로 바친다? 그건 심대한 자기부정이고, 자기모순이야. 완성된 인간이 되겠다는 미명 아래에 인간이기를 포기하는 무식이요, 패륜적인 악행인 거지."

"……."

혈뇌사야가 잠시 침묵하다가 어색한 미소를 흘리며 물었다.

"이 늙은이를 받아 주신 이유가 그건가요?"

설무백은 싱긋 웃는 낯으로 대답했다.

"내가 제법 발이 넓어서 영감이 생각하는 것보다 아는 게 좀 많아. 그래서 낮에는 움직일 수 없는 혈가의 금제가 단지 가문의 비전인 사망혈사공 때문만은 아니라는 사실도 어렵지 않게 알아낼 수 있었지."

"……!"

혈뇌사야가 적잖게 당황한 듯 발걸음을 멈추었다.

따라서 발길을 멈춘 설무백은 슬쩍 돌아보며 물었다.

"흡혈귀(吸血鬼) 맞지?"

혈뇌사야가 말로 뭐라고 형용하기 어려운 표정을 지으며 머뭇거리다가 이내 고개를 숙였다.

"속이려던 것은 아니었습니다. 그저……!"

"알아. 속인 거라고 생각했으면 이처럼 내가 먼저 말하지 않았지."

설무백은 다시 발걸음을 옮기며 말했다.

"사람의 피를 마시지 않으면 영영 햇빛을 볼 수 없다. 그때가 언제인지는 모르지만, 오랜 과거 혈가의 선조에게 사망혈사공을 전해 준 천마의 금제라고 하더군. 사망혈사공을 대성하면 그나마 햇빛 아래서 활동할 수 있게 되는 것은 그 이후 혈가가 각고의 노력 끝에 얻어 낸 결과라지?"

혈뇌사야가 대답했다.

"해를 보고 싶었으니까요."

설무백은 바로 다시 물었다.

"그럼 하루의 반을 아니, 인생의 절반보다 더 소중한 낮을 포기한 이유는 뭐지?"

"그건……!"

혈뇌사야가 말문을 열어 놓고 잠시 뜸을 들이다가 이내 수줍은 아이처럼 어색한 미소를 흘리며 대답했다.

"인간이기를 포기할 수는 없었으니까요."

설무백은 싱긋 웃으며 다시 발걸음을 옮겼다. 그리고 혈뇌사야가 다시 그의 뒤를 따르기 시작하자 말했다.

"그래서야. 인간이기를 포기하지 않는 사람은 제법 쓸 만한 인간이거든."

혈뇌사야가 다시금 멈추어 섰다.

마치 뇌전에라도 관통된 사람처럼 그의 전신이 부르르 떨리고 있었다.

전율이었다.

오랜 과거, 이제는 가물가물 잊히고 있는 누군가의 목소리가 그의 귓전에서 울리고 있었다.

-인생의 절반을 포기한 이유가 뭔가?

-인간이기를 포기할 수 없어서입니다.

-그럼 마교도 포기해야지. 혈가를 그렇게 만든 것이 마교 아닌가?

-저는 마교를 따르지 않습니다. 대제를 따를 뿐입니다.

-나의 친위대가 되려는 것도 대제의 명령 때문이라는 소린가?

-그렇습니다.

-그 말인즉, 대제가 부르면 다시 돌아가겠다는 소리군.

-아닙니다. 대제께서는 목숨이 다하는 순간까지 공자님의 곁을 지키라 하셨습니다.

-대제의 명령으로 내 곁을 지키면서 대제의 부름을 거역하겠다니, 그건 모순 아닌가?

-대제께서는 한번 내리신 명령을 거두신 법이 없는 분입니다!

-그건 그대의 주관이 아닌가.

-……!

-그럼 이건 어떤가? 내가 마교의 후계자로 성에 차지 않으

시게 되면 어떨까? 아니, 더 나아가서 내가 대제께 반기를 들면? 그래도 대제께서는 그대에게 내린 명령을 그대로 고수하실까?

－……!

－그, 그런 일은 있을 수 없는 일이고, 있어서도 안 되는 일입니다!

－왜? 어째서? 그대가 말하는 목숨이 그대의 목숨인지 내 목숨인지 알게 뭔가?

－그, 그건……!

－역시 모순이지? 결국 그대는 나보다는 대제가 우선이라는 거야. 그러니 그런 생각을 가질 수 있는 거지. 알았네. 그대의 마음은 잘 알았으니 그만 돌아가 보게. 나는 그게 누구일지라도, 설령 대제일지라도 나보다 더 믿고 따르는 사람이 있는 자를 곁에 두고 싶지 않네.

－……제가 어떻게 하면 공자님의 곁을 지킬 수 있겠습니까?

－그 역시 어떻게든 대제의 명령을 받들고 싶다는 뜻이겠지?

－그렇습니다.

－솔직하군. 그건 아주 마음에 들어. 놓치기 싫을 정도로 말이야. 그러니 그대에게 기회를 주도록 하지. 한 가지 약속만 지켜. 그럼 그대가 대제의 명령을 지킬 수 있도록 허락하겠어.

－그게 어떤 약속입니까?

－앞으로도 인간이기를 포기하지 마. 인간이기를 포기하지

않는 사람은 제법 쓸 만한 인간이라는 것이 내 생각이니까.

혈뇌사야는 아련한 기억의 반추(反芻)에서 깨어나며 새삼스러운 눈빛으로 설무백의 뒷모습을 바라보았다.

급작스럽게 일어나서 전신을 관통한 전율이 좀처럼 가라앉지 않아서 여전히 떨림이 멈추지 않고 있었다.

대체 이건 뭐라는 것일까?

돌이켜 보면 그는 못내 마음을 준 천마공자 이후에 다른 주인 따위를 모시고 싶어 하지 않았다.

그런 그가 설무백에게 그 자신과 혈가를 의탁한 것은 순전히 절망과 분노의 순간마다 계속해서 마주친 우연을 인연으로 인정해 버린 일종의 포기였다.

마교의 그늘에서 외톨이로 겉돌다가 끝내 배신의 칼날까지 맞은 자신의 처지가 분하고 억울하고 원통했으나, 능력의 부제로 복수조차 제대로 할 수 없는 무력감에 빠졌던 그에게 마교 자체를 그다지 두려워하지 않는 설무백의 존재는 실로 충격이었고, 부끄러움을 느끼게 했으며, 결국 의지하고 싶은 마음까지 들게 했다.

솔직하게 말하면 진심이었다기보다는 일시적인 감정 과잉 상태에서 즉흥적으로 결정한 면이 강했던 것이다.

물론 설무백이 어쩌면 천마공자의 핏줄일 수도 있다는 것이 그의 마음을 부추긴 것도 엄연한 사실이지만 말이다.

천외천의
주인

그런데 그런 그의 마음이 지금 이 순간, 크게 변했다.

이건 단순한 우연으로 맺어진 인연이 아니라 어쩔 수 없는 숙명이었다. 그것 말고는 그 어떤 다른 말로도 지금 그가 느끼는 감정을 도저히 설명할 수가 없었다.

그는 격정이 차올랐다.

그 감정에 따라, 그는 절로 고개를 숙였다.

눈물이 떨어졌다.

의미도 모르게 생전 처음 흘려보는 눈물이었다.

그때 설무백이 그를 돌아보았다.

"뭐 해?"

혈뇌사야는 재빨리 눈을 깜빡이며 두 손으로 비볐다.

"눈에 잡티가 들어가서……!"

"별거 다 하네."

설무백이 실소하고는 재우쳐 말했다.

"아무려나, 영감은 나서지 마. 마공을 쓰는 영감이 내 곁에 있다는 소문이 나면 제법 골치 아파질 수도 있으니까."

"……?"

혈뇌사야는 무슨 말인가 하다가 이내 깨달았다.

제법 반듯하게 꾸며진 소로를 타고 산비탈을 돌아가다가 마주친 야트막한 내리막길이었다.

일단의 사내들이 진을 치고 서 있었다.

요즘 들어서 정말 흔하게 마주치는 떼강도였다.

동분서주東奔西走 (1)

사내들의 숫자는 이십여 명이었다.

다들 홍두깨만 한 방망이에 수십 개의 못을 거꾸로 박아 놓은 거치봉(鋸齒棒)과 톱니처럼 삐쭉거리는 서슬을 가진 거치도 등, 자못 흉악해 보이는 병기를 꼬나 쥐고 노려보는 태도가 전통을 가진 녹림도는 아니더라도 자못 강도 짓에 익숙해진 부랑배 나부랭이들로 보였다.

혈뇌사야가 한심하다는 듯이 중얼거렸다.

"별것들이 다 설치네."

설무백이 묘한 표정으로 혈뇌사야를 돌아보았다.

"이게 다 누구 때문인지 몰라?"

혈뇌사야가 천연덕스럽게 웃으며 어깨를 으쓱했다.

"본좌는 아니, 이 늙은이는 이제 마교하고 거리가 좀 있습니다만?"

예상치 부정이요, 넉살이었다.

설무백이 눈을 끔뻑이는 참인데, 앞으로 나서는 공야무륵이 고개를 갸웃거리며 의미심장하게 말했다.

"여기는 북쪽으로는 화산이 있고 남쪽으로는 종남산이 있지요. 제법 거리가 멀다고 해도 엄연히 그들의 영내로 봐야 하는데, 이런 애들이 설치다니 놀랍네요. 다들 무슨 사고라도 있는 걸까요?"

설무백도 그게 이상했다.

"그러게……?"

그때 그들을 보고 앞으로 나선 털북숭이 사내 하나가 누런 이를 드러내며 웃었다.

"이것들이 간땡이가 부었네?"

옆의 말라깽이가 동조하며 나섰다.

"그러게요. 아무래도 곱게 보내 줘선 안 되는 놈들인 것 같네요."

"다리몽둥이를 부러트려야죠!"

"뼈를 바르는 게 낫지!"

"무슨 소리! 살을 저며야지! 그게 가장 아파!"

털북숭이 옆에 붙어 있던 뱁새눈의 사내가 저마다 흉악한 소리를 한마디씩 해 대며 나서는 사내들을 윽박지르며 결론을 내렸다.

"시끄러워, 이것들아! 우리 장호(張虎) 형님 사전에 살생은 없다는 거 몰라서 그래! 안 그렇습니까, 형님? 적당히 패서 부드럽게 만드시는 것으로 가지요, 형님?"

사내들 무리의 우두머리로 보이는 털북숭이 사내, 장호가 자못 근엄하게 고개를 끄덕였다.

"그게 좋지. 손맛도 그게 가장 좋아."

공야무륵이 그런 장호를 일별하며 슬쩍 설무백을 돌아봤다.

"죽일까요?"

설무백은 한숨을 내쉬었다.

"이런 애들 다 죽이면 중원의 인구가 절반 이하로 줄 거다. 그만두고 적당히 타일러서 보내."

"어쭈, 이것들 봐라?"

그들의 말을 들은 장호가 헛웃음을 흘리고는 공야무륵이 고개를 돌리기도 전에 부라린 눈으로 수중의 거치봉을 흔들며 위협했다.

"이 형님이 너그럽게 적당히 패고 보내 주려 했더니만, 불쌍하게도 너희들이 매를 버는구나! 잔소리 말고 일단 걸치고 있는 것부터 어서 벗어라! 혹시라도 이 형님의 마음에 들 만한 은자가 나오면…… 흐흐, 팔다리 하나씩만 잘라서 기어갈 수 있게는 해 주마!"

공야무륵이 다시 설무백을 돌아보며 물었다.

"저래도 살려 줘야 합니까?"

설무백은 한숨을 내쉬며 대답했다.

"어쩌겠냐. 쟤들도 다 먹고살자고 저러는 건데. 그냥 적당히 두들겨 주는 것으로 끝내."

공야무륵이 투덜거렸다.

"성격도 좋으셔."

장호가 지금 자신이 염라대왕 앞에 서 있다는 것도 모르고 도끼눈을 뜨며 공야무륵과 설무백을 노려보았다.

"너희 두 놈은 팔다리로는 안 되겠다! 버르장머리가 없으니 이 형님이 금기를 깨고 살점을 발라서 바라서 죽이는 것으로 정정을……!"

그 말은 끝까지 이어지지 않았다.

공야무륵의 신형이 아지랑이처럼 흔들리다가 사라지고, 이내 장호의 면전에 나타남과 동시에 둔탁한 타격음이 장호의 얼굴에서 작렬했다.

픽-!

"컥!"

비명을 지른 장호가 뭉그러진 코를 부여잡고 주저앉으며 부러진 이가 섞인 피를 뱉어 냈다.

공야무륵이 그사이에 다시 사라지고는 장호의 곁에 서 있는 말라깽이와 뱁새눈을 스쳐 지나가며 뒤에 늘어선 십여 명의 사내들 사이를 누볐다.

빠르게 움직이는 것이지만, 그들의 눈에는 섬광처럼 나타났다가 사라지기를 반복하는 것으로 보였고, 그럴 때마다 어김없이 둔탁한 타격음과 함께 사내들이 고꾸라졌다.

실로 순식간에 사내들 무리 전부가 뭉그러진 코와 핏물에 섞인 부러진 이를 뱉어 내며 바닥을 기었다.

뒤늦게 그들의 비명과 신음이 어수선하게 들려오고 있었다.

"억!"

"에구구⋯⋯!"

공야무륵이 어느새 설무백의 곁으로 돌아와서 손을 털며 물었다.

"저 정도면 됐죠?"

설무백은 만족한 미소로 화답하며 가장 먼저 주저앉아서 신음하고 있는 장호에게 다가가서 말했다.

"더 쥐어 터지기 싫으면 내가 묻는 말에 또박또박 정확히 대답해라. 여기가 화산과 종남산의 경계라고는 하나, 그래서 더욱 그들의 시선을 떼지 않는 지역일 텐데, 어떻게 네놈들 따위가 여기서 이렇게 버젓이 강도 짓을 할 수 있는 거야?"

장호는 그 자신에게 매우 다행스럽게도 약한 자에게는 매우 강하게 나가나 강한 자에겐 더없이 약하게 나가는 극히 현실적인 처세법을 가지고 있었다.

그는 주저앉은 코로 피를 줄줄 흘리면서도 기분 나쁜 기색 하나 없이 재빨리 일어나서 공손하게 고개를 숙이며 대답했다.

"죄송합니다! 무림의 고인들이신 줄 모르고 이놈이 큰 결례를 저질렀습니다! 부디 너그럽게 용서해 주십시오!"

설무백은 짐짓 서슬 퍼런 호통을 쳤다.

"지금 내가 너보고 용서를 빌라고 하디?"

장호가 기겁하고 부동자세를 취하며 대답했다.

"아닙니다! 그게, 그러니까, 저는 그냥 남들도 다 하고 있어서 적당히 겹치지 않는 이곳에 자리를 잡았을 뿐, 화산이고 종남산이고 그런 건 잘 모릅니다! 정말입니다!"

"언제부터? 언제부터 그랬어?"

"그, 그게 언제부터인지는 저도 모릅니다! 다만 저희는 나흘 전에 여기 터를 잡았습니다!"

설무백은 절로 미간을 찌푸렸다.

아무리 생각해도 이건 정말 쉽게 이해할 수 없는 일이었다.

공야무륵도 같은 생각인 모양이었다.

"아무래도 가 보셔야겠죠?"

설무백은 바로 수긍했다.

"그래야지!"

공야무륵이 물었다.

"어디부터 가 보시겠습니까?"

설무백은 바로 신형을 날리며 대답했다.

"종남산이 조금 더 가깝지!"

섬서성은 전통적으로 성도인 서안(西安)을 기점으로 이남은 종남파의 영역이고, 이북은 화산파의 영역으로 분류한다.

따로 경계를 그은 것은 아니지만, 강호무림이 암묵적으로 인정하는 사안이다.

그리고 설무백이 어설픈 떼강도를 만난 장소인 상주부 외각은 서안을 기점으로 이남에 속하는 지역이다.

설무백이 종남산을 선택한 이유가 그 때문이었다.

다만 섬서성의 남부, 서안의 남쪽으로, 관중(關中), 한중(漢中)의 양도 사이에 뿌리내린 종남산은 반경 오백 리에 달하며, 서쪽은 감숙성, 동쪽은 하남성에 미칠 정도로 거대한 산맥을 형성하는 지역의 중심이라 보통 사람이 상주부에서 출발하면 화산보다 더 오랜 시간을 소요하는 길이었다.

거리는 화산보다 가까워도 길이 험한 것이다.

그러나 설무백 일행은 보통 사람들과 거리가 먼 고수들이었고, 그래서 그런 험지의 영향을 거의 받지 않고 불과 한 시진도 안 돼서 종남산의 초입에 당도할 수 있었다.

설무백은 거기서 다시 심상치 않은 느낌을 받았다.

종남산의 심처에 자리한 종남파는 역사적으로 종종 구대문파에 들기도 하고 못 들기도 하나, 당대에는 엄연히 속가의 대표적인 문파로 명성을 떨치는 구대문파의 하나였다.

그런데 종남산의 초입에 가까워져서도, 그리고 마침내 산사의 일주문처럼 종남파의 영지를 알리는 산문에 도착해서도 종남파의 제자들이 보이지 않았다.

"보통은 산문을 지키는 제자들이 있는 게 정상 아닌가?"

"제아무리 성세를 구가하는 구대문파의 하나라도 그게 정상이지요. 하물며 작금의 시기에 산문을 지키는 제자가 하나도 없다는 건 정말 심각하네요."

공야무륵이 고개를 갸웃거리며 산문을 지나다가 문득 오만상을 찡그리며 재우쳐 말했다.

"근데, 이게 무슨 냄새죠?"

"잠깐!"

설부백은 산문을 통과하려는 공야무륵의 어깨를 잡았다.

그 역시 진작부터 바람을 타고 흐르는 미세한 악취를 맡기는 했으나, 그 때문이 아니었다.

산문 안에서부터 수상한 기운이 느껴졌다.

딱 콕 집어서 말할 수는 없지만, 무언가 거부감을 주는 기운이었다.

"뭔가 있다!"

공야무륵이 긴장하며 주변을 둘러보다가 고개를 갸웃했다.

그로서는 악취 이외에는 아무것도 느낄 수 없었기 때문이다.

그때 혈뇌사야가 문득 당황한 기색을 드러내며 말했다.

"독입니다!"

설무백을 비롯한 모두가 혈뇌사야를 바라보았다.

혈뇌사야가 마치 보이지 않는 무언가를 느끼려는 장님처럼 허공으로 치켜뜬 두 눈가를 파르르 떨며 부연했다.

"무형지독입니다! 이건 분명 독왕전의 독공에 내포된 무형지독에 당해서 썩어 가는 시체의 악취입니다!"

"……!"

설무백은 당황했다.

어떻게 중원 한가운데서, 그것도 구대문파의 하나인 종남파의 본산에서 독왕전의 독이 나타났다는 것인가.

독왕전의 무리는 마교총단의 부름에도 합류하지 않고 저 멀고 먼 변방인 북해 어딘가에 머물고 있다고 하질 않았는가.

"설마 그들이 벌써 중원에……?"

설무백은 안색을 바꾸며 서둘러 산문으로 들어섰다.

그런 그의 앞을 혈뇌사야가 막았다.

"놈들이 무형지독을 살포했다면 독에 내성이 없는 애들은 아니, 내성이 있다고 해도 화후가 부족하면 위험합니다!"

공야무륵 등을 두고 하는 말이었다.

어쩌면 설무백도 포함해서 걱정하는 말인지도 몰랐다.

"우리 애들은 괜찮아!"

설무백은 대수롭지 않게 혈뇌사야의 손을 뿌리치며 발길을 재촉했다.

그의 말대로 그 자신과 철면신은 차치하고, 공야무륵과 요미, 흑영, 백영도 문제 될 것이 없었다.

　그와 철면신은 만독불침의 몸이며, 공야무릎 등도 일찍이 그의 피를 먹어서 만독불침까지는 아니어도 천독불침 혹은 적어도 백독불침까지는 되기 때문이다.

　"……!"

　혈뇌사야가 그의 말을 듣고도 못내 걱정하는 기색이었다.

　그의 반응에 아랑곳하지 않고 철면신을 비롯한 공야무릎과 암중의 요미, 흑영, 백영이 기민하게 설무백의 뒤를 따르고 있었다.

　혈뇌사야가 그제야 어쩔 수 없다는 듯 그 뒤를 따랐다.

　산문을 통과하기 무섭게 높진 않아도 광범위한 지역을 차지한 종남산의 험지가 펼쳐졌다.

　그리고 사건의 실체가 드러났다.

　인위적인 듯 인위적이지 않게 닦아 놓은 비탈길이 아름드리나무로 우거진 숲과 기암괴석 사이로 구불구불 이어지는 가운데, 종남산의 절경을 조망할 수 있는 요소마다 방문객을 위한 쉼터처럼 꾸며진 아담한 크기의 누각이 세워져 있었으나, 그 어디에도 사람의 모습은 보이지 않았다.

　대신 사람으로 아니, 사람이었을 것으로 보이는 흔적이 하나둘씩 나타나기 시작했다.

　검게 타 버린 숯덩이를 물에 개어 놓은 것처럼 혹은 풀어진 썩은 아교처럼 시커먼 무언가가 여기저기 듬성듬성 널려 있어서 실로 고약한 악취를 풍기고 있었다.

　놀랍고도 끔찍하게도 산길을 따라 사방에 널려 있는 그것들 모두가 바로 정체 모를 강력한 독에 녹아 버린 사람의 주검이었다.

　"마라독령기!"

　검은 죽음의 흔적을 둘러보며 신음처럼 흘러나온 혈뇌사야의 부르짖음이었다.

　"마라독령기는 독인의 수준이 아니라 독령성체를, 이른바 독의 초극지체인 독종독인의 단계를 넘어서는 독의 전설인 독중지왕, 독중시성의 경지를 추구하는 독공입니다. 독왕전에서 삼공자인 아소부를 제외하면 독왕전의 삼대고수인 무시마궁 천노와 비천독조 장가기, 독검사유 유중을 비롯해서 장로원의 육인 원로인 이대독신(二大毒神)과 육대독인(六大毒人)만이 익힌 독왕전 최고의 독공이지요."

　혈뇌사야의 설명이었다.

　그는 실로 눈으로 보면서도 믿기 어렵다는 듯이 경악하고 있었다.

　반면에 설무백은 상대적으로 침착했다.

　아니, 처음에는 그도 적잖게 놀라고 당황했으나, 빠르게 안정을 되찾았고, 혈뇌사야의 설명을 듣는 순간에는 이미 냉정해진 상태였다.

　사태가 심각할수록 오히려 냉정해지는 것이 그의 타고난 천성이었다.

"결국 전격적인 공격이 아니라 단순히 자객에게 당한 것일 수도 있다는 소리군."

혈뇌사야가 더 없이 침착한 설무백의 태도를 이채롭게 바라보며 대답했다.

"조금 더 확인해 봐야 할 테지만, 이대로 종남파가 무너진 것이라면 일전에 벌어진 구대문파의 기습으로 독왕전의 삼대고수인 무시마궁 천노 등이 죽고 없는 마당이니, 적어도 장로원의 이대독신과 육대독인이 총출동했다고 봐야 할 겁니다. 모처에서 폐관 수련 중이라고 들었는데, 그 사건으로 인해 출관했나 보군요. 아, 그러고 보니……?"

설명하던 혈뇌사야가 문득 말꼬리를 흐리며 가늘게 좁혀진 눈가로 설무백을 바라보았다.

"폐관 수련에 든 삼공자를 기습한 구대문파의 고수들을 도와서 독왕전의 삼대고수를 제거한 인물이 그저 백발의 사내라는 것만 알려졌을 뿐, 정체가 밝혀지지 않아서 마교 내에서는 그저 백발귀신이라고 불리는데, 혹시 그가 누군지 아십니까?"

가늘게 좁혀진 혈뇌사야의 눈빛은 중천에 떠 있는 햇빛 아래 은발로 빛나고 있는 설무백의 머리를 주시하고 있었다.

설무백은 특유의 미온한 미소를 흘리며 말했다.

"이미 나라고 단정하면서 뭘 물어?"

"역시 그렇군요!"

혈뇌사야가 반색하며 말했다.

"한동안 마교총단과 예하의 세력들에서 말들이 많았는데, 그리고 결국 알게 모르게 다들 척살 명단에 십천세들보다 우선순위에 올려놓았는데, 그게 바로 설 공자였군요."

설무백은 잠시 가만히 혈뇌사야를 바라보다가 불쑥 물었다.

"이러니저러니 해도 그들은 마교의 예하이니, 당신의 동료들이었다. 영감은 그런 동료들을 죽인 내가 싫지 않나?"

혈뇌사야가 별소리를 다한다는 듯 시큰둥하게 대꾸했다.

"마교가 아니라 대제와, 천마공자에게 충성했을 뿐이라는 제 말을 믿으세요. 사실이니까."

그는 잠시 머뭇거리다가 다시 말했다.

"내친김에 하는 말이지만, 이 늙은이는 애초에 천마대제에게 아무리 중원 장악, 중원 통일의 명제를 위해서라고 하나, 인간이기를 포기한 쓰레기들까지 마교에 합류시키는 것을 극구 반대했던 사람입니다. 결국 그들이 아니면 중원 정복의 꿈은 절대 이룰 수 없다는 천마대제의 설득에 물러서긴 했지만, 그 이후에도 썩어 빠진 홍교의 무리와는 말을 섞기도 싫어했습니다."

그는 그때의 일이 생각난 듯 혼자서 코웃음을 치다가 이내 설무백에게 바라보며 재우쳐 물었다.

"설 공자야말로 마교의 일맥으로 살아온 이 늙은이가 정말 싫지 않습니까?"

설무백은 피식 웃었다.

"사람이 사람을 왜 싫어해?"

혈뇌사야가 왠지 모르게 놀라서 움찔하다가 이내 정말 신기하다는 표정으로 설무백을 바라보았다.

"정말이지 귀신에 홀린 것 같습니다."

설무백은 고개를 갸웃했다.

"무슨 소리야?"

혈뇌사야가 말했다.

"대공자가 우리 혈가를 친위대로 받아들이면서 이 늙은이에게 해 준 말이 그거였습니다. 마교에서 가장 사람답지 않게 생겼는데 가장 사람답다고, 그래서 곁에 두지 않을 이유가 없다고. 사람이라서 싫지 않다고."

설무백은 자신을 바라보는 혈뇌사야의 눈빛이 뜨겁게 느껴졌다.

예나 지금이나 그는 그런 감정이 어색한 까닭에 급히 말문을 돌렸다.

마침 말문을 돌릴 이유도 생겼다.

"생존자가 있군."

울창한 수림을 벗어나는 시점이었다.

산 중턱에 자리한 드넓은 평지에 거대한 대문이 있고, 그 너머에 삼삼오오 짝을 지은 전각군이 펼쳐져 있었다.

마침내 종남파의 경내를 마주한 것인데, 역시나 눈을 씻고 찾아봐도 사람의 모습은 보이지 않았으나, 어디선가 미세하게 느껴지는 사람의 기척이 있었다.

설무백은 서둘러서 그곳으로 달려갔다.

천중제일종남(天中第一終南)이라는 현판이 걸린 대문을 지나서 드넓은 연무장 너머에 자리한 대전의 뒤쪽이었다.

종남파의 영지로 들어선 이후부터 내내 거짓말처럼 사람만 증발해 버린 것 같은 상황이었는데, 거기서부터는 상황이 달랐다. 여기저기 땅이 움푹 파이고 일각이 무너진 전각도 다수가 보였다.

격전의 흔적이었다.

그리고 그 주변에는 여태 그들이 종남산을 오르면서 봐 왔던 검은 잔해들이, 바로 독에 녹아서 죽은 사람의 흔적이 즐비하게 널려 있었다.

"음!"

뒤따르던 공야무륵이 절로 침음을 흘렸다.

혈뇌사야가 차갑게 변한 눈빛으로 주변을 훑어보다가 이내 재빨리 한쪽 구석, 일각이 무너진 전각의 벽으로 가서 마치 물 폭탄이 터진 것 같은 형상으로 뿌려진 검은 잔해를 살펴보며 말했다.

"종남이 그냥 허무하게 당한 건 아니네요. 누군지는 몰라도 이건 독왕전의 고수가 자폭한 흔적입니다. 마라독령기에 기인한 마라파멸혼(魔羅破滅魂)이라는 건데, 적과 함께 동귀어진하는 수법이지요."

설무백은 혈뇌사야의 말을 들으며 일각이 무너진 전각의 내부로 향했다.

전각의 내부로 들어서자 지독한 악취가 코를 찔렀다.

밖에서 느꼈던 것보다 수십 배는 더한 악취로 머리가 어지러울 지경이었으나, 그는 상관하지 않고 계단을 타고 달려서 이 층으로, 다시 삼층으로 올라갔다.

그리고 거기 대청에서 마침내 온전한 형태의 주검들을 마주했다.

아니, 정확히는 온전한 것이 아니라 얼굴을 알아볼 수 있는 주검들이었다.

팔이나 다리 혹은 하반신이 핏물로 녹아서 죽은 주검들이 널브러져 있었다.

"음!"

설무백은 절로 침음을 흘리며 주검들을 살펴보았다.

다섯 구의 주검이었는데, 그중의 두 사람은 그가 아는 얼굴이었다.

지난날 안면을 익힌 종남파의 장로들인, 건곤산수 이청과 종남일선 해광이 하나는 가슴이 녹아내린 상태로, 다른 하나는 하반신이 시커먼 핏물로 녹아서 사라진 채로 벽에 기대서 죽어 있었다.

뒤따라온 혈뇌사야가 감탄했다.

"오, 여기도 하나!"

대청의 중앙이었다.

천장이 날아가고 바닥이 움푹 파인 그곳에 거대한 주머니에 핏물을 담아서 터트린 것과 같은 흔적이 있었다.

앞서 혈뇌사야가 말한 마라파멸혼의 흔적이었다.

"적어도 이대독신과 육대독인 중 둘이 죽었네요. 가뜩이나 전력의 손실이 극심해서 궁지에 몰린 삼공자가 대체 무슨 생각으로 여기서 이렇게 전력을 탕진한 건지, 정말 알다가도 모를 일입니다."

혈뇌사야의 말을 들은 설무백은 마음이 무거워졌다.

그럴 수밖에 없는 것이, 지금 혈뇌사야는 구대문파의 하나인 종남파가 괴멸한 대가로 고작 두 명의 마두가 죽었을 뿐인데도 실로 대단하다는 듯이 말하고 있었다.

혈뇌사야는 종남파가 고작 마교의 일맥인 독왕전의고수 몇몇조차 막지 못하고 괴멸당한 작금의 상황을 실로 당연하게 받아들이고 있는 것이다.

마교의 저력이 그만큼 막대하다는 뜻이었다.

혈뇌사야는 마교의 저력을 다른 누구보다도 정확히 아는 사람인 것이다.

설무백은 애써 마음을 다잡으며 벽에 기대어져 있는 해광의 주검을 옆으로 눕혔다. 그리고 벽을 밀었다.

스르릉―!

약간의 힘이 들어가자 벽이 뒤로 밀렸다.

벽은 비밀스럽게 설치한 문이었다.

설무백은 조심스럽게 안으로 들어갔다.

역시나 문 안쪽은 서너 평 남짓한 암실이었고, 거기에는 두 사람이 있었다.

일노일소, 한쪽 팔이 사라진 채 남은 한 손으로 검을 쥐고 있는 초로의 노인과 분노인 듯 공포인 듯 핏발선 눈으로 노려보는 소년 하나였다.

"아……!"

초로의 노인이 설무백을 보고는 신음과 같은 탄성을 흘리며 그대로 주저앉았다.

막대한 심력을 소모하고 있다가 맥이 풀려서 주저앉는 모습이었다.

"사형!"

소년이 다급히 노인을 부축했다.

설무백은 상대 노인이 알아보았다.

종남파의 장로인 천성쾌검 상비종이었다.

상비종이 주저앉은 것은 그 역시 적인 줄 알고 긴장한 상대가 설무백인 것을 알아보며 안도하며 다리에 힘이 풀려 버린 것이다.

설무백은 다가서며 물었다.

"어떻게 된 일이지?"

상비종을 부축하던 소년이 경계했다.

"괜찮다."

상비종이 손을 내밀어서 소년을 말리며 대답했다.

"보다시피 마교의 자객이 들었고, 우리는 속절없이 당했소. 고작 서너 명에 불과했는데, 도저히 감당할 수가 없었소."

설무백은 맥을 잡았다.

상세를 살피기 위함이었는데, 상비종이 슬쩍 뿌리치며 말했다.

"됐소. 나는 이미 틀렸소. 이미 오장육부가 다 끊어져서 대라신선이 와도 살릴 수 없을 거요. 그보다 밖은 어떻소?"

상비종은 불안하게 떨리는 눈빛으로 설무백을 바라보고 있었다.

절망까지는 아니어도 무력감과 체념에 잠긴 눈빛이었다.

설무백은 솔직히 대답해 주었다.

"생존자는 당신들이 처음이야. 후원 쪽은 아직 돌아보지 않았지만, 거기도 별반 다를 것 없을 거야."

사실이었다. 지금 설무백의 능력은 단지 기감만으로 종남파의 영내를 대부분 훑을 수 있는 경지였으나, 지금 그의 기감에 잡히는 인기척은 더 이상 없었다.

상비종이 충격을 받은 표정으로 마른기침을 했다.

기침할 때마다 피가 튀어나왔다.

붉으면서도 투명한 느낌을 주는 선홍빛 핏물이었다.

한 방울마다 일 년의 공력이 담겨 있는 핏방울, 바로 진원지기(眞元之氣)를 담고 있는 기혈(氣血)임을 설무백은 어렵지 않게 알 수 있었다.

　오장육부가 다 끊어졌다는 말이 사실인 것이다.

　설무백은 한걸음 물러나서 물었다.

　"내가 어떻게 해 주길 바라나?"

　상비종이 착잡한 표정으로 설무백의 시선을 마주하며 반문했다.

　"귀하는 어떻게 여길 온 거요?"

　"그냥 우연히."

　"그럼 내가 귀하를 믿어도 되겠소?"

　혈뇌사야가 뒤에서 투덜거렸다.

　"하여간, 정통을 우기는 정도란 놈들은 하나같이 왜 저 모양인지 알다가도 모르겠군. 똥통에 빠져서도 빠져나올 나뭇가지를 고르네."

　설무백은 슬쩍 손을 들어서 혈뇌사야를 조용히 시키고는 특유의 미온한 미소를 지어 보였다.

　"그건 내가 정하는 게 아니라 당신이 정하는 거지."

　상비종이 체념한 기색으로 말했다.

　"이 아이를 부탁하오. 무림맹에 있는 장문인께 데려다주시오. 부탁하오."

　설무백은 슬쩍 소년을 바라보았다.

범상치 않은 기도를 갈무리한 소년이었다.

사실 그게 아니더라도 그는 소년이 예사롭지 않은 존재라는 것을 알고 있었다.

소년이 앞서 상비종을 사형이라고 호칭했기 때문이다.

약관도 안 되는 소년이 구순에 달하는 노인을 사형이라 부른 다는 것 자체가 보통의 신분이 아님을 드러내는 일이었다.

그는 물었다.

"얘가 누군데?"

상비종이 마른기침을 거듭하고 나서 힘겹게 대답했다.

"우리 종남의 희망이오."

실로 여러 가지 의미를 내포하는 말이었다.

설무백은 못내 절박함 심정을 드러내는 상비종의 눈빛 앞에 서 매정하게 거절할 수 없었다.

"무림맹에 있는 부약도 장문인에게 데려주면 되는 건가?"

"그렇소. 부탁하오."

"그러지."

"고맙소. 이 은혜는……."

상비종이 미처 말을 끝맺지 못하고 울컥 피를 토했다.

그의 고개가 스르르 옆으로 기울어지고 있었다.

죽음이었다.

소년이 부르르 떨며 상비종의 어깨를 부여잡았다.

붉어진 눈가에 눈물이 그렁그렁하면서도 애써 울음을 터트리지는 않고 있었다.

설무백은 돌아서며 말했다.

"가자."

소년이 자리를 털고 일어나며 말했다.

"당신의 도움은 필요 없어! 나 혼자서도 얼마든지 갈 수 있으니까!"

설무백은 슬쩍 소년을 돌아보았다.

소년은 자못 매서운 눈빛으로 그를 노려보고 있었다.

젊은 놈이 죽어 가는 노인에게, 그것도 자신의 사부에게 툭툭 반말을 지껄인 것에 화가 난 것인지도 모른다.

설무백은 그런 사소한 것에 신경 쓰고 싶지 않아서 말했다.

"그럼 그러던지."

소년이 의외라는 듯 혹은 역시나 자신이 생각한 대로 상종하지 말아야 할 놈이었다는 듯 매몰차게 냉소를 날리며 서둘러 그의 곁을 스쳐 지나서 대청을 빠져나갔다.

설무백은 대청을 벗어나는 소년을 가만히 쳐다보며 물었다.

"그래도 이름 정도는 알려 주고 가야지. 지금 누구 때문에 골방에서 벗어났는데 예의도 없이 그냥 가냐?"

소년이 욕을 하는 것처럼 한마디 던지며 사라졌다.

"장천(暲天), 무장천(武暲天)이다!"

설무백은 한 방 맞은 표정으로 눈을 끔뻑였다.

지금 보니 그가 아는 아이였다.

전생의 기억에 따르면 종남파가 총력을 기울여서 탄생시킨 비밀명기로, 당대 종남파의 장문방장인 맹검수사 부약도를 도와서 마교와 싸우며 명성을 떨치다가 차기 종남파의 장문인이 되는 인물이 바로 무장천이었다.

죽은 상비종의 말마따나 종남파의 희망인 것이다.

'별호가 종남마수(綜南魔獸)였지 아마?'

정도의 인물답지 않게 별호에 마(魔) 자도 부족해서 빼어날 수[秀] 자가 아닌 짐승 수[獸] 자까지 붙은 것은 그의 무공이 종남파 최고의 패도무학이라는 금린마공(金鱗魔功)이었기 때문이다.

설무백은 피식 웃고는 대청을 벗어나며 말했다.

"흑영, 백영. 따라가서 뒤를 봐줘라. 우리는 화산으로 갈 테니, 빠르면 화산으로, 늦으면 사천당가로 와라."

설무백은 솔직한 심정을 말하자면 종남파 따위는 누가 죽건 말건, 더 나아가서 멸문지화를 당하더라도 선뜻 도와주고 싶은 마음이 들지 않는 문파였다.

전생과 무관하게 이생에 쌓인 은원 때문에 그랬다.

과거 종남파는 양가장과 적잖은 친분을 쌓은 사이임에도 불구하고 그의 외조부인 신창 양세기의 죽음을 방관했다.

어떤 이유, 무슨 사연 때문에 그랬는지는 몰라도, 그건 그의 가슴에서 지울 수 없는 흉터와 같았다.

그리고 그건 화산파도 마찬가지였다.

화산파도 종남파처럼 신창 양세기의 죽음을 방관한 전과가 있는 것이다.

그러나 설무백은 그 부분에 대해서 매우 너그럽게 대처하고 있었다.

그의 마음이 너그러워서가 아니었다.

작금의 세태가 그런 것까지 일일이 다 추궁할 수 없을 정도로 험악하게 돌아가고 있다는 판단으로 애써 가슴에 묻어 버린 심도 있는 배려였다.

그런데 허무하게도 설무백의 그런 묵인이, 나름 애쓴 배려가 무위로 돌아가고 있었다.

힘을 키워도 부족할 종남파의 본산이 졸지에 괴멸당해 버린 것이다.

장문인 부약도와 적잖은 일대제자들이 자리를 비운 상황에서 벌어진 일이긴 하나, 이건 종남파에게 실로 막대한 타격이었다.

구대문파의 하나라는 자부심과 자존심을 가진 종남파의 특성상 제자들의 대다수가 살아서 도주했으리라 보기 어려워서 더욱 그랬다.

종남파는 이제 더 이상 구대문파의 지위를 보전할 수 없다는 것이 그의 판단이었다.

종남파의 본산을 벗어나서 화산파로 달려가는 설무백의 마음은 그래서 매우 조급했다.

이유 여하를 막론하고 점창파가 무너진 데 이어 종남파가 무

천외천의
주인

너졌다.

여기서 화산파까지 무너졌다면 전국의 변화는 실로 걷잡을 수 없이 무너질 수 있었다.

남의 집보다 내 집을 먼저 생각하는 것은 어쩔 수 없는 인지상정, 구대문파가 속속들이 이탈할 것이 뻔히 눈에 보이는 것이다.

'무림맹의 존재가 유명무실해질 거다!'

전생의 기억으로 말미암아 이미 어느 정도는 예상했던 사태이긴 했다.

하지만 그 시기가 너무 빨랐다.

남궁유화 등을 주축으로 하는 무림세가가 주도권을 잡고 무림맹의 힘을 제대로 키우기도 전에 크나큰 악제가 터져 버렸다.

구대문파의 전력이 빠져나간다면 무림맹은 강호무림을 대변할 힘을 잃게 되고, 그건 강호무림의 괴멸을 의미했다.

그도 그럴 것이, 무림맹이 와해되면 자연히 흑도천상회가 강호무림을 대변하는 세력으로 부상하게 될 테고, 흑도천상회의 주도권을 가진 것이 쾌활림의 사도진악인 이상, 강호무림은 사분오열 찢어지게 될 수밖에 없다.

사도진악은 이미 마교와 한통속이기 때문이다.

하물며 사도진악의 야망은 마교를 통째로 집어삼켜도 부족할 정도로 거대하다.

그래서 더 문제였다.

마교의 저력은 실로 다대했다.

내부의 알력으로 분열되어 있다고는 해도, 사도진악에게 호락호락하게 당할 세력이 전혀 아닌지라 천하는 그들 사이에서 쑥대밭으로 변할 것이 자명했다.

그야말로 멸망을 껴안고 살던 그 옛날 춘추전국시대(春秋戰國時代)의 도래인 것이다.

'그 속에서 내가 할 수 있는 것은……?'

설무백은 스스로 생각해도 너무 나갔다는 기분이 들어서 이내 생각을 지웠으나, 작금의 사태는 그만큼 위급했다.

그런데 천만다행이었다.

불길한 예감은 언제나 틀리지 않는다는 전래가 깨졌다.

화산파는 무사했다.

다급한 마음에 종남산에서 화산까지 불과 한 시진도 못돼서 주파한 설무백은 저 멀리 화산극정(華山極頂)이라 불리는 화산의 주봉(主峯)으로, 기러기들이 남방으로 날아가면서 쉬어 간다고 해서 낙안봉(落雁峰)으로 불리는 남봉(南峰)이 시야에 들어오는 화산파의 산문에서 화산파의 도사들을 마주할 수 있었다.

"여기는 화산파의 영지요. 화산파를 방문하시는 손님이시오?"

화산파의 산문은 이 장에 달하는 통나무를 서너 장 거리로 세우고, 그 위에 같은 크기의 통마루 대여섯 개를 엮은 지붕을 얹은 형태였으며, 그 중앙에 태극통천대화산(太極洞天大華山)이라는 현판이 걸려 있었다.

그 옆에 군대의 초소처럼 작은 초막이 자리했는데, 거기 세명의 도사가 앉거나 서서 서성이다가 다가서는 설무백 등을 보고는 잔뜩 경계하는 눈빛을 드러내며 나섰다.

당연한 반응이었다.

설무백이 약간의 거리를 두고 속도를 줄이며 멈추긴 했으나, 그들의 입장에선 아무런 기척도 없이 갑자기 시야에 나타난 사람들이라 경계하지 않을 수 없었을 터였다.

설무백은 그들의 반응과 무관하게 화산파의 제자들이 산문을 지키고 있다는 사실에 못내 안도하며 말했다.

"본인은……!"

"혹시 사신…… 아니, 설무백, 설 대협이 아니시오?"

가장 뒤쪽에서 멀대처럼 서 있던 청년 도사 하나가 설무백의 말을 끊으며 급히 앞으로 나섰다.

안 그래도 설무백이 산문을 지키는 네 명의 도사들 중에서 유독 기도가 예사롭지 않아서 은연중에 시선을 주었던 청년 도사였다.

그 청년 도사의 말을 들은 다른 도사들이 적잖게 놀라며 설무백을 바라보았다.

"그렇소만? 나를 아시오?"

"그럼요. 어디 알 뿐이겠습니까. 백발지사(白髮志士) 설무백, 설 대협을 만나면 극진한 예우로 대하라는 장문인의 엄명이 내려진 지가 벌써 언제라고요. 아, 참. 백발이라는 말이 거슬리신다면 죄송합니다. 우리끼리는 그렇게 부르고 있어서 말입니다. 하하하……!"

설무백의 대답을 들은 청년 도사가 기꺼운 표정으로 넉살 좋게 웃었다.

도사답지 않게 조금 호들갑스럽긴 해도 별다른 거부감 없이 호감이 가는 도사였다.

그 도사가 뜻밖의 대우에 머쓱해하는 설무백의 태도와 상관없이 다른 도사들에게 눈치를 주며 말했다.

"뭣들 하는 게야? 어서 인사드리지 않고!"

다른 두 명의 청년 도사는 멀대 같은 청년 도사보다 항렬이 낮은 모양이었다.

그의 말에 서둘러 예를 취했다.

"처음 뵙겠습니다. 적운(赤雲)입니다."

"처음 뵙겠습니다. 운문(雲文)입니다."

설무백은 얼떨결에 대충 인사를 받고는 멀대 같은 청년 도사를 물끄러미 바라보았다.

멀대 같은 청년 도사가 잠시 그의 시선을 마주하다가 이내 깨닫고는 자신의 이마를 쳤다.

"아차차, 이런 쥐정신……! 정작 제가 인사를 안 드렸네요!"

그는 급히 예를 취하며 인사했다.

"이산(李山)입니다. 설 대협의 혁혁한 명성을 익히 들어온바,

이제나저제나 언제 한번 뵐 기회가 있나 고대하고 있었는데, 이렇게 뵙게 되어서 실로 영광입니다."

"……!"

설무백은 이제야 멀대 같은 청년 도사 이산을 알아보았다.

만나 본 적은 없지만 들어 본 적이 있는 이름이었다.

화산파의 일대제자로, 화산칠검의 셋째가 바로 이산이었다.

그리고 그는 또 알고 있었다.

이산은 향후 무허와 쌍벽을 이루는 화산파의 검객으로 성장한다.

'별호가 유성검(流星劍)이었나 그랬지 아마?'

정확히 기억나진 않지만, 대략 그런 식의 별호였다.

아무리 많게 봐도 이십 대 중반인 도사가 어째 범상치 않다 싶더니, 향후 화산제일검이 되는 무허와 함께 화산파를 대표하는 검객이 되는 이산이었던 것이다.

'가만……? 근데, 화산칠검의 일인이 산문을 지킨다고?'

설무백이 문득 그런 생각이 들어서 의아해하는 참인데, 이산이 그의 방문을 오해하고 먼저 그 얘기를 꺼냈다.

"아니, 그런데 어찌 알고 오신 겁니까? 혹여 장문인을 번거롭게 할 것 같아서 아직 무림맹에도 알리지 않았는데, 어디서 얘기를 들으신 거죠?"

설무백은 바로 이해했다.

화산파에도 무언가 사건이 벌어진 것이다.

"실은 지금 종남파에 다녀오는 길이오."

이산의 눈이 커졌다.

"하면, 종남파에도 마교의 자객이 든 겁니까?"

"종남파는……."

설무백은 잠시 망설였으나, 그냥 감추고 넘어갈 일이 아니고, 그럴 수도 없는 일이었다.

"종남파는 여기 화산파와 달리 사정이 매우 좋지 않소."

이산이 쓰게 웃으며 말했다.

"종남파가 어느 정도의 피해를 입었는지는 몰라도, 우리 화산파 역시 피해가 적지 않습니다."

"그렇소?"

"예. 다섯 분의 장로와 이대의 검정, 그리고 마흔다섯 명의 매화검수가 놈들을 막느라 유명을 달리했습니다. 그나마 일곱째 무허가 사전에 놈들의 접근을 발견했기에 망정이지, 그게 아니었다면 얼마만큼의 피해를 입었을지 모를 일이었지요."

"다행이오."

무심결에 내뱉은 설무백의 말을 들은 이산의 안색이 변했다.

"대체 종남파는 얼마나 피해를 받았기에……?"

설무백은 있는 그대로의 사실을 알려 주었다.

"종남파의 생존자는 오직 한 사람뿐이오."

"……!"

이산은 얼마나 놀랐던지 두 눈을 찢어질 듯 부릅뜨며 절로 벌어진 입을 다물지 못했다.

설무백은 혹시 몰라서 물었다.

"독왕전, 그러니까 독공을 쓰는 자들이었소?"

"예? 독공요?"

이산이 어리둥절해했다.

"아니오?"

설무백의 거듭되는 질문에 이산이 안색을 바꾸며 대답했다.

"마공을 쓰는 자들이긴 했지만, 독공은 아니었습니다. 침입
자는 열두 명이었고, 하나같이 음한 계열의 마공을 쓰는 자들이
었습니다."

설무백은 바로 알아차리며 말했다.

"유명전!"

독왕전의 주인인 독수마룡 아소부가 유명전의 주인인 벽안
옥룡 야율적봉과 접촉했다는 사실을 그는 알고 있었다. 그리고
유명전은 음한기공을 기반으로 하는 마공의 산실이다.

이산이 새삼 이채로운 눈빛으로 설무백을 바라보며 물었다.

"마교의 세력에 대해서 얼마나 알고 계십니까?"

"어느 정도는……."

"아닙니다! 여기서 이럴 게 아니라 어서 내전으로 오르시지
요! 제가 안내하겠습니다!"

이산이 서둘러 돌아서며 길을 열었다.

설무백은 슬쩍 고개를 돌려서 혈뇌사야를 보았다.

혈뇌사야가 무심하게 고개를 끄덕였다.

설무백은 그제야 발길을 옮겨서 이산의 뒤를 따라갔다.

혈뇌사야와 공야무륵이 그림자처럼 그의 뒤에 붙었다.

아는 사람은 다 아는 얘기지만, 화산파의 영내는 내전과 외전, 비전으로 구성되어 있었다.

화산파의 산문이 자리한 화산의 초입에서 화산파의 외전까지는 굽이굽이 이어진 산길로 십 리나 되었고, 거기서 다시 내전으로 가는 길이 또한 그만큼이나 되었다.

설무백은 이산의 뒤를 따라서 그 길을 지나치면 새삼 화산파가 왜 구대문파에서 태산북두라는 소림, 무당과 어깨를 나란히 하고 있는지 여실히 느낄 수 있었다.

사방팔장에 경계가 있고, 요소마다 매복이 있었다.

마교의 침입이 있었던 까닭에 강화된 경계일 테지만, 그런 점을 감안한다고 해도 실로 단단하고 견고한 경계가 아닐 수 없었다.

'이러니 그만한 피해로 유명전의 자객을 막았을 테지!'

설무백이 진심으로 화산파의 위용에, 그 깊은 저력에 거듭 감탄했다. 그리고 또 놀랐다.

실로 예상치 못하게도 화산파의 내전이 시작되는 연무장에서 화산칠검의 막내인 무허와 함께 그를 기다리고 있는 사람이 바로 작고한 화산제일검 경빈진인의 사제이자, 강호무림에서 매화노인(梅花老人)이라 불리는 선천진인(先天眞人)이었기 때문이다.

"어서 오시게, 설 대협. 사형에게 얘기 많이 들었네. 안 그래도 한번 만나 볼 기회를 구하고 있었는데, 이렇게 만날 줄은 몰랐군그래."

동분서주東奔西走 (2)

선천진인은 자신의 신분을 밝히지 않았으나, 설무백은 대번에 그의 신분을 알아보았다.

머리의 형태 때문이었다.

도사들은 머리를 자르지 않고 정수리로 빗어 올려서 묶은 다음 돌돌 말아서 나무 비녀를 꽂아 고정한다.

소위 속발(束髮)이라 부르는 일종의 상투인데, 그 속발을 하면 이마가 훤히 드러나서 멀리서도 쉽게 도사임을 알아볼 수 있다.

그런데 선천진인은 도사의 표상인 그 속발을 하지 않고 산골무지렁이 노인처럼 산발한 머리였다.

가슴팍에 화산파를 상징하는 매화 문양이 새겨진 도복을 입고 있으면서 속발을 하지 않은 사람은 화산파에 오직 한 사람, 선천진인밖에 없었다.

선천진인을 달리 매화노인이라고 부르는 이유가 바로 거기에 있었다.

그러나 설무백이 놀란 이유는 그와 같은 파격에 있지 않았다.

화산파를 떠나 중원의 도가에서 파격의 상징이던 매화노인은 오래전에 선계(仙界)에 들었다고 알려져 있었기 때문이다.

지금 그는 이미 죽었다고 알려진 사람과 마주하고 있는 것이다.

'이 또한 유명전의 자객이 실패한 이유겠군.'

화산노인은 포대처럼 헐렁하게 걸친 도포 때문인지 작은 체구가 더욱 왜소해 보이고, 얼굴도 매우 수척해 보였으나, 뒷등으로 풍기는 기도는 단단하고 당당하면서도 부드러웠다.

그가 익히 잘 아는 화산제일검 경빈진인처럼 태풍에도 흔들리지 않을 도도함과 가을바람과도 같은 청량함이 느껴지는 기상이 엿보이고 있었다.

무엇보다도 늙었다는 기분일 뿐, 나이를 짐작할 수 없는 용모와 깊이를 알 수 없는 눈빛이 이채로웠다.

설무백은 정중한 포권의 예로 인사하며 굳이 자신의 감정을 감추지 않고 드러냈다.

"설무백입니다. 선계에 드셨다는 분을 이렇게 만날 줄은 몰라서 정말 놀랍습니다."

화산노인이 부드럽게 웃으며 대답했다.

"사형이야 생각이 많은 사람이라 세속의 일에 관여한 업보로 일찍 갔네만, 빈도는 산에 틀어박혀 잡초나 캐다 보니 그럴 일이 없었다네. 다만 이제 빈도 역시 이리 세속의 일에 나섰으니, 그리 오래 버틸 것 같지는 않군."

"……."

설무백은 이유를 알 수 없게도 자신을 바라보는 화산노인의 눈빛이 서늘하게 변하는 것을 느꼈다.

아니나 다를까, 이어진 화산노인의 말이 그를 당황하게 했다.

"아무려나, 빈도도 놀랍네. 사형께서는 실로 천하를 구할 위인이니 선품(善品)을 아끼지 말라 하셨거늘, 정말 실망스럽군. 그대는 어찌하여 정도를 버리고 마도와 어울리는 겐가?"

아까는 자애로운 느낌이었던 화산노인의 목소리가 지금은 준엄한 느낌을 주고 있었다.

이는 처음에는 모르다가 이제야 알게 되었다는 의미였다.

놀랍게도 화산노인은 여태 그 누구도 알아차리지 못한 설무백의 마기를 간파한 것이다.

'아니, 어쩌면……!'

지금 설무백의 뒤에 서 있는 혈뇌사야의 마기를 느낀 것인지도 모른다.

그렇다고 해도 대단했다.

그는 차치하고, 혈뇌사야는 이미 마성(魔性)을 누를 수 있는 경지인 극마지경에 진입한 고수로, 그가 스스로 드러내지 않는 한 여태 그 누구도 그의 마기를 간파한 사람이 없는 것이다.

"오해십니다."

설무백은 최대한 정중하게 잘라 말했다.

"저는 물론, 저의 측근들 그 누구도 마도와 어울리지 않습니다. 무공은 한낱 도구에 불과할 뿐이지, 사람의 본성을 바꾸지 못합니다."

"역시 자네도 저자가 마공을 익히고 있음을 알고 있었군그래."

가늘게 좁혀진 화산노인의 시선이 설무백의 뒤에 서 있는 혈뇌사야에게 돌려지고 있었다.

이제야 확실해졌다.

화산노인이 느낀 마기의 원천은 바로 혈뇌사야였다.

혈뇌사야가 비릿하게 웃었다.

설무백이 있어서 참고 있을 뿐이지 화산노인의 태도에 그도 몹시 불쾌해하고 있었다.

화산노인이 그런 혈뇌사야의 시선을 냉정하게 외면하고 설무백을 바라보며 준엄하게 다시 말했다.

"사람의 그릇은 무엇을 담느냐에 따라 본성이 달라지는 법일세. 물을 담으면 물통이 되지만 똥을 담으면 똥통이 되는 게야. 어찌 천지간의 섭리이자 이치를 부정하려는 겐가?"

설무백은 단호하게 부정했다.

"사람을 죽일 수 있는 칼을 들고 있다고 해서 그 사람이 살인자가 되는 것은 아닙니다. 사람은 하찮은 그릇 따위가 아님을 잊지 마십시오."

화산노인의 얼굴이 붉어졌다.

"그릇의 문제는 심성의 문제인 게야. 도구는 드는 것이지 담는 게 아닐세. 이는 천하의 모든 만물이……!"

"그만두시지요."

설무백은 나직하나 냉정하게 말을 잘랐다.

고지식하고 고집스러운 것도 좋지만, 다른 것을 틀렸다고 우기는 사람과는 더 이상 대화할 이유가 없었다.

자꾸만 지난날 쓰린 감정이, 바로 외조부의 사건이 가슴속에서 스멀스멀 피어올라서 기분만 더욱 나빠지고 있었다.

그 당시에는 외조부의 무슨 심성이 문제라서 그리도 수수방관한 것이냐고 따지고 싶어졌다.

그는 그 감정을 애써 누르고 뒤로 물러나며 공수했다.

"더 이상의 언쟁은 불필요한 것 같습니다. 서로 보는 것이 다른데 어찌 서로를 이해시킬 수 있을까요. 저는 화산의 제자가 아니니 화산이 바라보는 이치를 강요하지 마시고 부디 그냥 버려두길 바랍니다. 그럼 저는 이만 물러가겠습니다."

"그럴 수 없다!"

화산노인이 준엄한 호통을 내질렀다.

"마도에 빠진 자를 어찌 그냥 보낼 수 있을 것이냐! 너는 가도 저자는 갈 수 없느니라!"

화산노인의 말이 끝나기 무섭게 주변에 있던 화산파의 제자들 중 다섯 명이 반사적으로 움직여서 설무백 등을 포위했다.

하나같이 석자 다섯 치의 검을, 그 하얀 검신과 검병에 새겨진 매화 문양 때문에 화산파의 독문병기로 불리는 매화검을 뽑아 든 것으로 봐서 다들 직전제자인 매화검수들이었는데, 그중에는 산문에 안면을 익힌 화산칠검의 셋째인 이산도 있었다.

"흐흐흐⋯⋯!"

혈뇌사야가 자못 음충맞은 기소를 흘렸다.

설무백은 슬쩍 손을 들어서 앞으로 나서려는 혈뇌사야를 막으며 무심해진 눈초리로 화산노인을 바라보았다.

"기어코 권주를 마다하고 벌주를 드시려는 겁니까?"

화산노인의 얼굴이 일그러졌다.

"권주? 벌주?"

설무백은 냉정하게 말했다.

"모르시는 건지, 잊으신 건지는 모르겠으나, 제 외조부의 함자가 양자, 세자, 기자를 쓰시는 분이십니다."

화산노인의 안색이 살짝 변했다.

표정만 봐서는 속을 알 수가 없었다.

마치 지금 그가 무슨 얘기를 하는 것인지 전혀 모르는 것 같기도 했다.

설무백은 상관하지 않고 계속 말을 이어 나갔다.

"제가 그날의 일을 추궁하지 않고 가슴에 묻은 것은 화산파의 힘을 두려워해서가 아니라 저마다 서로의 입장이 있음을 인정했기 때문입니다. 도움은 정해진 강요가 아니라 자발적인 선의로 행해지는 것이니까요."

실제로 그랬다.

외조부인 양세기가 마지막 순간까지도 종남파와 화산파의 무심함을 언급하지 않은 이유도 바로 그 때문이라고 그는 생각하고 있었다.

"그런데 이러시면 곤란하지요. 서로 다음을 인정하지 않고 이런 식으로 본인의 생각을 강요하시면 저 역시 같은 방식으로 대응할 수밖에 없습니다. 필요에 따라서 선택하는 정의는 차라리 없는 게 나으니까요."

화산노인이 벌컥 화를 냈다.

"대체 무슨 헛소리를 지껄이는 겐가!"

설무백은 이제야말로 화산노인이 그날의 일을 전혀 모르고 있다는 것을 인지하며 그 주변에 시립해 있는 노도사들을 둘러보았다.

과연 그의 시선을 회피하는 노도사들 몇 명 있었다.

설무백은 픽 웃으며 말했다.

"재미있네요. 아무려나, 그냥 그렇다는 겁니다. 이열치열(以熱

治熱), 힘에는 힘으로 대응할 수밖에 없다는 얘깁니다. 제가 적어도 동료를 저버리는 파락호는 아니거든요."

화산노인이 분노했다.

"지금 빈도의 뜻을 거스르겠다는 겐가?"

설무백은 웃는 낯으로 어깨를 으쓱했다.

"거스르겠다는 게 아니라, 거스를 수밖에 없습니다. 마기라면 저도 품고 있거든요."

말과 동시에 설무백의 어깨 위로 투명한 검은 불꽃이 피어나서 아지랑이처럼 아른거렸다.

마기였다.

"……!"

화산노인이 몸을 떨었다.

더 할 수 없이 크게 부릅떠진 그의 두 눈에 경악과 불신이 담겼다.

설무백은 그런 화산노인을 직시하며 물었다.

"어떻습니까? 이러면 저도 잡아야겠죠?"

화산노인이 안색을 굳히며 외쳤다.

"무허, 나서라! 네가 주장으로 매화검진(梅花劍陣)을 지휘해라!"

무허는 화산노인의 곁에 서 있었다.

그는 실로 곤혹스러운 표정을 지으며 망설이고 또 망설이다가 이내 털썩 무릎을 꿇고 바닥에 엎드리며 머리를 조아렸다.

"부디 명령을 거두어 주십시오, 사숙! 설 공자는 결코 마도에 빠질 인물이 아닙니다! 사부님이 남기신 이십사수매화검의 정수를 제게 전해 준 사람이 바로 설 공자라고 말씀드렸지 않습니까! 부디 통촉해 주십시오, 사숙!"

화산노인의 얼굴이 한껏 일그러졌다.

실로 오만가지 생각이 겹치는지 이러지도 저러지도 못하겠다는 표정과 눈빛이었다.

설무백은 대수롭지 않게 나서서 화산노인의 고민을 단번에 해결해 주었다.

"무허, 너는 빠져. 모르면 배워야지. 배움의 길에는 남녀는 물론 노소도 없는 법이잖아."

그는 크게 당황하는 무허를 웃는 낯으로 외면하고 화산노인을 바라보며 재우쳐 말했다.

"하나만 부탁하죠. 저 하나만 상대해요. 이건 제게 아직 화산파에 대한 선의가 남아 있어서 하는 말입니다. 대신 저는 살수를 쓰지 않을 테니, 능력이 된다면 저를 죽여도 좋습니다."

화산노인의 눈썹이 꿈틀했다.

다만 그의 두 눈에 담긴 것은 분노가 아니라 의혹이었다.

대체 이런 자신감이 어디서 나오는 것일까?

그 상태로, 그는 말했다.

"이산, 네가 주장이다!"

승낙이었다.

설무백은 가벼운 공수로 고맙다는 말을 대신하며 공야무륵과 혈뇌사야를 바라보았다.

공야무륵이 아무렇지도 않게 먼저 물러났다.

포위하고 있는 매화검수의 곁을 지나가는 그의 태도는 실로 태연했다.

그는 그만큼 설무백의 능력을 믿고 있었다.

"쳇!"

혈뇌사야가 혀를 차고는 공야무륵의 뒤를 따랐다.

공야무륵만큼은 아니었지만 그도 설무백의 능력을 익히 잘 알고 있었다.

적어도 설무백이 고작 매화검수 따위가 펼치는 검진에 당할 것이라고는 전혀 생각하지 않았다.

이산이 그제야 설무백을 주시하며 경고하듯 소리쳤다.

"칼을 뽑으시오!"

설무백은 슬쩍 한 손을 펼치며 대답했다.

"칼이 아니라 창을 쓰도록 하지."

말과 동시에 옆으로 펼친 그의 손에 거무튀튀한 묵빛의 양날창, 흑린이 요술처럼 나타났다.

"덤벼!"

설무백은 짧게 말하며 흑린의 한쪽 창극으로 이산을 가리켰다.

단지 창극으로 가리켰을 뿐임에도 불구하고 이산은 무지막지한 압력을 느끼며 절로 움츠러들었다.

"익!"

이산은 그 순간 자신이 지금 펼치는 매화검진을 지휘하는 주장임을 상기하고 외치며 검을 휘둘렀다.

"매화비등(梅花飛騰), 매화신기(梅花伸氣)!"

이산이 휘두른 검극에서 수십 개의 검화(劍花)가 일어났다.

때를 같이 해서 이산을 정점으로 네 명의 도사가 방진을 그리며 검극을 세우며 현란하게 움직이기 시작했다.

마치 다섯 개의 꽃잎이 둘러선 것 같은 오각의 도형이 그려지며 원을 그리며 빠르게 돌아가고 크기 같은 모양의 검화가 어지럽게 휘날렸다.

화산 매화검진의 발동이었다.

그러나 그 순간, 이산은 더 할 수 없이 무거운 압박감에 어깨를 짓눌리며 전신이 오싹해졌다.

검진이 발동했음에도 불구하고 설무백이 뻗어 낸 창극이 여전히 그를 가리키고 있었고, 그 창극에서 뻗어진 무형의 기가 가혹하게 그의 전신을 억압하고 있었던 것이다.

"매화분산(梅花分散), 매화진격(梅花進擊)!"

이산은 가일층 살벌한 예기에 노출되고 있다는 것을 느끼며 발작적으로 매화검진의 변화를 촉구했다. 그리고 그 자신도 정해진 매화검진의 검결에 따라 검을 휘둘렀다.

방어에 기반한 모색에서 적극적인 공격으로의 전환이었다.

쏴아아아-!

살기가 비등했다.

매화검진을 구축한 네 명의 매화검수들이 저마다 뿌려 낸 수십 개씩의 검화들이 일제히 설무백에게 집중되고 있었다.

설무백의 입장에선 공격은 무리였다.

방어는 불가능하고 피하거나 물러날 수밖에 없는 상황인데, 매화검진은 이유 여하를 막론하고 그의 움직임에 오각의 틀을 유지하고 있어 피할 수도, 물러날 수도 없었다.

적어도 이산은 그렇게 생각하며 승리를 의심하지 않았다.

그러나 설무백은 피하지도 물러나지도 않았다.

하물며 방어를 위한 그 어떤 몸짓도 없었다.

설무백은 막무가내로 이산을 향해 다가들었다.

아무리 봐도 무리였다.

수십, 수백의 검화가 이산을 향해 쇄도하는 그의 전신을 휘감았다.

여지없이 벌집이 되어 버릴 상황이 연출되고 있는 것인데, 놀랍게도 그런 일은 벌어지지 않았다.

분분히 휘날리는 검화가, 바로 매화검이 뿜어낸 검기가 설무백의 전신을 휘감았으나, 그게 다였다.

티디디디팅-!

설무백의 전신에서 불꽃이 튀었다.

바위도 무처럼 베어 버릴 수십, 수백의 검화가 전신을 할퀴고 있음에도 그는 아무런 상처도 입지 않았다.

검화가, 바로 검기가 튀어 나가고 있었다.

"호신강기만으로……!"

이산은 경악과 불신에 차서 외치다가 절로 고개를 저었다.

있을 수 없는 일이었다.

호신강기만으로 매화검진의 요결에 따라 펼치는 검기를 감당할 수는 없었다.

그의 상식에선 신이라도 불가능했다.

그런데 그가 불가능하다고 단정하는 그 일이 지금 그의 눈앞에서 벌어지고 있었다.

매화검진이 일으키는 무수한 검기와 검날이 설무백을 할퀴며 지나가고 있었으나, 설무백은 아무렇지도 않았다.

설무백의 전신이 불꽃으로 가득 차는 그 순에 길게 뻗어진 창극이 그의 시선 가득 들어찼다.

창이 날고 있었다.

설무백의 신형은 거짓말처럼 사라지고 없었다.

창극에 몸이 가려지는 신기가 연출되고 있었다.

"헉!"

이산은 무지막지한 예기에 전신이 갈기갈기 찢겨 나가는 것 같은 기분에 휩싸이며 두 눈을 부릅떴다.

쇄도하는 창극이 죽음의 공포를 불렀으나, 그는 죽어도 창극의 움직임을 놓치고 싶지 않았다.

하지만 그에 반응할 수는 없었다.

생각처럼 몸이 따라가지 않았다.

"아……!"

이산은 체념의 탄성을 흘렸다.

이건 도무지 그가 피할 수 있는 공격이 아니었다.

그러나 다행히도 설무백은 약속을 지켰다.

그의 공격에는 살의가 없었고, 그래서 창극은 이산의 어깨를 아프게 찌르는 것으로 그쳤다.

이산은 창극에 어깨를 찔린 고통과 무관하게 거기 실린 압력을 견디지 못하고 사정없이 뒤로 나뒹굴었다.

매화검진의 축이 무너지는 순간이었다.

설무백은 그사이에 벌써 돌아서서 수중의 창을 휘두르고 있었다.

번쩍-!

기묘한 각도로 휘둘러진 그의 창극이 수직과 수평을 이루는 백색의 섬광을 그렸다.

중심축이 무너지는 바람에 더 이상 아무런 위력을 발하지 못하며 일그러진 매화검진이 그 한 수에 속절없이 와해되어 버렸다.

고작 다섯 자루의 검이 만드는 것이라고는 믿기 어려울 정도로 현란하게 나부끼는 꽃잎들이, 화려한 폭죽처럼 현란하게 휘날리던 검화들이 거짓말처럼 소멸되며 매화검진을 구성하고 있던 네 명의 도사가 사방으로 나가떨어졌다.

그 중앙에 설무백이 홀로 서 있었다.

"십자경혼창!"

매화노인의 부르짖음이었다.

설무백은 수중의 흑린을 갈무리하며 십자경혼창을 알아본 화산노인에게 시선을 주었다.

화산노인은 그런 그의 시선을 마주하며 꼼짝도 하지 못하고 있었다.

경악과 불신이 경이에 달해서 온몸이 대나무처럼 뻣뻣이 굳어 버린 모습이었다.

그럴 수밖에 없었다.

설무백의 무공은 고수의 손에서 펼쳐진 것이라고 믿기 어려울 정도로 거칠고 투박했다.

그는 단지 앞으로 나가며 수중의 창을 직선으로 찌르고 그저 단순하게 휘둘렀을 뿐이었다.

그렇게 찌르고 휘두르는 단 두 초식이었다.

어디를 봐도 고수답지 않은 그의 손 속에 화산칠검의 하나인 이산이 맥없이 나가떨어지고 화산절기의 극의로 통하는 매화검진이 허무하게 깨져 버렸다.

그게 어떻게 가능한 것인지는 모르겠으나, 지금 설무백은 무초식이 유초식을 제압한다는 전대의 무언을 천하의 매화검진을 상대로 고스란히 재현해 보였고, 화산노인은 적어도 그것을 알아볼 정도의 고수였다.

그러나 화산노인은 알아봤어도 장내에 있던 다른 화산의 제자들은 그것을 알아보지 못했다.

설무백의 무공이 무식할 정도로 극단적이라고만 생각했을 뿐, 초식을 무시해도 좋을 경지이며, 두려울 정도의 파괴력을 가졌다는 생각은 하지 못한 것 같았다.

아니, 어쩌면 그저 화산무공의 극의로 통하는 매화검진이 무너진 것을 인정하기 싫은 것인지도 몰랐다.

매화검진이 무너진 그 순간, 다들 하나같이 반응해서 검을 뽑으며 설무백을 에워싼 것이다.

설무백이 묵묵히 화산노인을 주시한 이유가 바로 그 때문이었다.

그는 이대로 좋은지 묻고 있었다.

화산노인은 선뜻 대답하지 못했다.

설무백의 눈빛이 던지는 질문을 익히 알면서도 망설여졌다.

정말 이대로 좋은 것인지, 정말로 이대로 천년 화산의 자존심이 무너지는 것을 방관하며 인정하고 넘어가야 하는지, 그는 도무지 선뜻 판단할 수가 없었다.

그때 참지 못하고 나서는 사람이 있었다.

"놀고 있네, 진짜!"

요미였다.

절대 경거망동을 삼가라는 설무백의 엄명에 따라 어지간한 일에도 절대 먼저 나서지 않고 있던 그녀가 더는 참지 못하고 나선 것이다.

곤혹스럽게 일그러진 얼굴로 망설이고 있는 화산노인의 뒤였다.

요사스럽게 빛나는 무림십대흉기의 하나, 혈마비를 뽑아 든 그녀가 사악해 보이는 특유의 두 눈을 희번덕거리며 허공에 두둥실 떠 있었다.

"헉!"

화산노인의 곁에 서 있던 두 명의 노도사가 크게 놀라며 돌아서는 가운데, 요미가 표독스럽고 신랄하게 엄포를 놓았다.

"다들 눈이 삐었냐? 오빠가 얼마나 손 속에 사정을 두었는지 뻔히 알면서 어디서 개수작이야! 정말 제대로 한번 해 볼래? 감당할 수 있겠어?"

화산노인의 눈가에 파르르 경련이 일어났다.

아무래도 폐부를 찌르는 요미의 일갈이 오기와 자존심에 불을 지른 것으로 보였다.

'하여간……'

설무백은 내심 고소를 금치 못했다.

노인네의 고집이란 참으로 알다가도 모를 일이었다.

그는 최대한 정중히 경고했다.

"감당하기 어려울 겁니다. 제 인내도 여기가 한계이니까요."

화산노인이 한숨을 내쉬었다.

설무백의 정중한 경고가 통한 것인지 아니면 애초에 나설 생각이 없었던 것인지는 몰라도, 그는 평정을 되찾으며 소리쳤다.

"손님 앞에서 이게 무슨 꼴사나운 짓거리냐! 어서 물러나거라!"

설무백 등을 포위했던 화산파의 제자들이 그제야 하나둘씩 검을 거두며 뒤로 물러났다.

설무백은 요미를 불렀다.

"요미!"

"쳇!"

요미가 뽑아 든 혈마비를 갈무리했다.

그리고 물거품처럼 혹은 촛불이 꺼지듯 그 자리에서 사라졌다.

사천미령제신술의 술식에 따라 사물과 하나가 되며 암중으로 사라져서 본래의 자리인 설무백의 그림자 속으로 스며든 것인데, 지금 장내에서 그런 그녀의 기척을 파악한 사람은 극히 드물었다.

장내의 모두가 귀신같은 그녀의 은신술에 놀란 눈초리로 마른침을 삼키는 가운데, 화산노인과 무허가 예사롭지 않은 눈빛으로 요미의 흔적을 주시하고 있었다.

다만 그들마저도 요미의 흔적이 설무백의 그림자로 스며드는 것까지는 파악하지 못했다.

그들의 시선은 설무백의 주변을 훑고 있었다.

설무백의 곁으로 사라진 것만 느낀 것이다.

'발전했군!'

설무백은 다른 무엇보다도 무허가 요미의 기척을 느꼈다는 것에 상당히 놀랐다.

예전의 무허였다면 감히 꿈도 꾸지 못할 일이었다.

지금의 무허는 예전의 무허가 아니라는 방증이었다.

그때 화산노인이 그를 보며 불쑥 물었다.

"빈도가 그대를 믿어도 되는가?"

설무백은 무심하게 고개를 저었다.

"믿지 마세요. 우리는 한솥밥 먹는 식구도 아니고, 같은 일을 하는 동료도 아닙니다. 그러니 그저 너무 인색하지 않게 마음을 베풀며, 서로를 공손하고 너그럽게 대하는 자세로 족합니다."

화산노인이 화내지 않고 물었다.

"우리 화산과 거리를 두고 싶은 겐가?"

설무백은 망설임 없이 대답했다.

"예."

"어째서?"

"아직 서로를 모르니까요."

"어떻게 하면 알 수 있겠나?"

"시간이 해결해 주지 않을까요?"

화산노인이 무슨 말인지 알겠다는 듯 묵묵히 고개를 끄덕이다가 불쑥 물었다.

"사형은 어떻게 그대를 알아본 것일까?"

설무백은 가만히 웃는 낯으로 대답했다.

"경빈진인께서 저를 알아본 것인지는 저도 모릅니다. 다만 경빈진인께서는 초연하셨지요. 기본적으로 사람을 믿지 않는 저를 믿어 주실 정도로 말입니다."

"사람을 믿지 않는 사람도 믿는다……."

화산노인이 긴 한숨을 내쉬며 희미하게 웃었다.

"빈도에게는 아직 먼 얘기로군."

설무백은 그저 가벼운 웃음으로 받아넘기며 공수하는 것으로 작별을 고했다.

"저는 이만 가 보겠습니다. 이상하게 하는 일 없는데 바쁘네요."

화산노인이 돌아서는 그에 물었다.

"미안한 말이네만 한 가지 궁금한 것이 있네. 자네는 지금 무엇을 하고 있는 건가?"

설무백은 역습을 당한 기분으로 잠시 머뭇거렸다.

이건 정말 예상하지 못한 심오함이 담긴 질문이었다.

전생의 복수라는 감정이 흐릿해진 작금에 와서는 더욱 그랬다. 한 번도 생각해 본 적이 없었다.

그저 순간순간 집중하며 살았을 뿐이었다.

'죽어 보기 전에는 그런 게 있었던 것 같은데……?'

설무백은 그러다가 문득 떠올랐다.

천외천의
주인

개미굴을 벗어나서 쾌활림으로 갔을 때의 기억이었다.

매일매일 주린 배를 안고 인간 이하의 멸시와 구타를 당하며 살다가 쾌활림으로 갔던 그때, 그는 처음으로 꿈이라는 것을 꾸었다.

다시는 그렇게 살지 않겠다는, 그 자신만이 아니라 그가 아는 모든 사람을 그렇게 살게 두지 않겠다는 꿈이 바로 그것이었다.

그는 잠시 혼자 웃다가 그날의 기억을 음미하며 말했다.

"과거, 제가 아는 강호무림은 멋으로 사는 곳이고, 사내의 긍지와 자부심이 불타오르는 야망의 터전이었습니다. 아이들과 노니는 계피학발(鷄皮鶴髮)의 노신선이 있고, 새초롬한 미소와 앙증맞은 걸음걸이 하나로 일국을 희롱하는 아름다운 절세가인도 있으며, 사랑하는 사람과 의리를 위해서 기꺼이 목숨을 던지는 협사(俠士)도 있었죠. 그리고 평화로웠고요."

그는 새삼 픽 웃고는 화산노인을 바라보며 말을 끝맺었다.

"그런 강호무림을 만들고 싶습니다."

화산노인이 한 방 맞은 표정으로 멍하니 설무백을 바라보았다.

그때 설무백의 그림자에서 불쑥 솟아난 요미가 손가락으로 자신을 가리키며 말했다.

"나, 나! 강호무림의 절세가인!"

설무백은 손바닥으로 요미의 머리를 꾹꾹 눌러서 그림자 속으로 집어넣으며 화산노인을 향해 멋쩍게 웃었다.

"그냥 그렇다는 겁니다."

멍하게 바라보다가 갑작스러운 요미의 등장에 놀라서 눈을 끔뻑이고 있던 화산노인이 이내 실소하며 물었다.

"그럼 그 협사는 그대인 건가?"

설무백은 어깨를 으쓱하며 돌아섰다.

"그러면 금상첨화(錦上添花)겠죠."

화산노인이 말했다.

"기대하겠네."

설무백은 그냥 가려다가 잠시 멈추고 뒷머리를 긁적이고는 이내 화산노인을 돌아보며 말했다.

"화산은 잘하고 있습니다. 그런 의미에서 한 말씀 드리자면, 경빈진인께서 귀천하시기 전에 말씀하시길 적엽은 화산의 세(勢)를 책임지고, 무허는 화산의 무(武)를 책임져야 한다고 하셨습니다. 아시는 게 좋을 것 같아서……. 그럼 저는 이만……!"

화산노인은 무언가 말을 하려고 입을 달싹이다가 그만두고는 앞선 패배의 쓰라림에 겨운 표정으로 시종일관 고개를 숙이고 있던 이산을 향해 말했다.

"배웅해 주거라."

이산이 퍼뜩 정신을 차리며 서둘러 나섰다.

화산노인이 그제야 고개를 돌려서 곁에 서 있던 무허를 바라보며 물었다.

"그의 말을 어떻게 생각하느냐?"

밑도 끝도 없이 던진 질문이었으나, 무허는 예리하게 알아들으며 바로 대답했다.

"저는 아직 많이 부족합니다, 사숙."

화산노인이 희미하게 웃었다.

"그래도 너밖에 없다."

그는 슬며시 고개를 들어서 저 멀리 구름이 드리워진 낙안봉을 바라보며 다시 말했다.

"내가 사형과 함께 저 장공잔도(長空棧道)를 올라서 비전(秘殿)에 들었을 때가 딱 네 나이였을 때였다. 그리고 삼 년 만에 나는 포기했고, 사형은 남아서 기어코 화산의 무맥(武脈)을 이었다. 사형을 많이 시기했지. 그래서 지금의 내 모습이 되었다. 혹자들은 이런 내 모습을 기인이다 뭐다 하며 치켜세웠지만, 실상은 사형에 대한 시기와 질투였던 거다. 옹졸하게도 차마 도인이기를 포기하지는 못해 마냥 추태를 부린 거지."

"아닙니다, 사숙! 사숙이 아니었으면 화산은 이번의 사태를 헤쳐 나갈 수 없었을 겁니다!"

"아니, 화산은 그리 약하지 않고, 그리 약해서도 안 된다!"

화산노인은 단호하게 잘라 말했다.

"비원으로 가거라! 네가 돌아오기 전까지는 내가 어떻게든 화산을 지켜 내 보마!"

"삐졌나?"

화산파의 산문이 눈에 들어온 시점이었다.

설무백은 앞서가는 이산을 향해 불쑥 물었다.

배웅한답시고 나선 이산이 내내 시무룩한 표정으로 입을 다물고 있었던 것이다.

이산이 펄쩍 뛰었다.

"삐지다니요? 저 그렇게 속 좁은 사람 아닙니다!"

설무백은 놀리듯이 다시 물었다.

"그래도 속은 좀 상했지?"

"……."

이산이 잠시 뜸을 들이다가 대답했다.

"조금……."

설무백은 이산의 솔직함에 절로 픽 웃으며 말했다.

"너는…… 아, 나보다 어린 것 같으니까 말 놔도 되지?"

이산이 시큰둥하게 되물었다.

"어린가요?"

"어려!"

"아, 예, 뭐, 그러면 그러시든가요."

설무백은 짐짓 친근한 태도로 변해서 말했다.

"너는 말뚝이야. 그런데 말뚝이 이리저리 켜고 짜개서 바르게 깎인 나무와 함께 어울려서 수레바퀴의 축을 이루며 굴러 간다면 그 수레바퀴가 잘 굴러가겠어?"

이산이 자못 퉁명스럽게 그의 말을 받았다.

"그러니까 제가 정해진 술식에 따라 움직여야 하는 검진의 일원으로는 어울리지 않는다 이거죠? 쉬운 말을 참 어렵게도 하십니다."

설무백은 바로 알아듣는 이산에게 자못 놀랐다.

"머리가 나쁘진 않네?"

이산이 발끈했다.

"이거 왜 이러세요? 이래 봬도 화산칠검의 하나입니다, 제 가!"

"누가 뭐래?"

설무백은 자못 짓궂게 한마디 하고는 재우쳐 말했다.

"그래서 해 주는 말이야. 잘하면 제법 발전할 수 있을 것 같아서. 그러니까 잘 들어. 너는 발이 느리고 초식의 변화에 민감하지 못한 대신에 힘도 있고, 죽음의 공포를 누르고 대항할 수 있는 정신력도 가지고 있어. 그러니 그런 쪽으로 특화된 무공에 주력해 봐. 힘과 기력을 극대화할 수 있는 무공, 이를테면 뇌전검(雷電劍) 말이야. 내가 장담하는데, 그러면 못해도 무허와 쌍벽을 이루는 화산파의 검객으로 성장할 거다."

이산이 멍해진 표정으로 설무백을 바라보았다.

"대체 그걸 어떻게 아는 겁니까? 어떻게 우리 화산파의 무공을 그리 정확하게 꿰고 있는 거죠?"

설무백은 선뜻 대꾸할 말이 떠오르지 않았다.

전생에 네가 사용하는 무공이 그거라는 소리는 할 수가 없는 것이다.

다행히 할 수 있는 말이 떠올랐다.

"내가 무슨 용빼는 재주가 있다고 화산파의 무공을 꿰고 있겠나? 돌아가신 경빈진인께서 해 주신 말씀이야. 그러니 새겨들어."

"아⋯⋯!"

이산이 바로 수긍했다.

그리고 깊이 고개를 숙이며 공수했다.

"고맙습니다! 이 은혜는⋯⋯!"

"말로 갚는 것이 아니라 몸으로 갚는 것이니까 그냥 가슴에 새겨 둬."

설무백은 말을 끝내기도 전에 신형을 날렸다.

철면신과 공야무륵, 혈뇌사야가 그림자처럼 그의 뒤를 따라갔다.

이산이 고개를 들었을 때, 그는 이미 서쪽 하늘 저 멀리 아득하게 점으로 화하고 있었다.

사천당문은 저 먼 청해(靑海)에서 발원(發源)한 민강(岷江)이 사천성으로 진입해서 북동부와 남동부로 갈라지며 굽이쳐 흐르다가 결국 다시 합쳐져서 삼백여 리를 더 흘러가다가 장강 본류(本流)와 만나는 중경(重慶)의 하류 인근에 자리했다.

중경에서부터 동남쪽으로 이백여 리가량 떨어진 지점에 장강의 크게 굽이쳐 이룬 만(灣)을 따라 당가타라는 작은 마을이 형성되어 있는데, 그 마을 외곽으로 이십여 리 떨어진 지역에 숲과 절벽으로 둘러싸인 요충지에 사천당문의 거대한 장원이 자리 잡고 있었다.

설무백이 마교의 공격으로 종남파의 본산이 괴멸을 당하고 화산파가 막대한 피해를 입었다는 소문을 들은 것은 바로 그 마을, 당가타로 들어서기 직전의 일이었다.

하오문의 구룡자 중 중경을 포함한 사천과 귀주성 일대를 담당하는 금공복이 가져다준 소식이었다.

다만 와중에 약간의 소란이 있었다.

설무백이 막기도 전에 나선 혈뇌사야가 은밀하면서도 빠르게 접근하는 그의 기척에 반응해서 한 대 갈기는 바람에 금공복의 눈퉁이가 시퍼렇게 멍들어 버리는 사건이었다.

그나마 아군이라고 급히 소리친 설무백의 말을 듣고 혈뇌사야가 중도에 힘을 빼서 다행이었다.

안 그랬으면 금공복은 목숨을 보존하기 어려웠을 것이다.

삼십 대의 사내인 금공복은 별호가 귀태보(鬼態步), 즉 '귀신의 걸음'로, 그만큼 경공과 보법이 뛰어났는데, 그 바람에 벌어진 일이었다.

빠르게 다가오는 금공복을 느끼고 빠르게 대응하는 바람에 천하의 혈뇌사야도 미처 손 속을 다 거둘 수 없었던 것이다.

"미안하게 됐군."

다행히 금공복은 속이 좋았다.

대번에 시퍼렇게 부어오른 눈퉁이를 문지르면서도 싱글벙글 거리며 혈뇌사야에게 일말의 적이나 악의를 드러내지 않았다.

"아닙니다. 제자 주제넘게 너무 설쳤지요. 거리를 두고 다 가서거나 미리 소리라도 쳐서 알렸어야 했는데, 말입니다. 주군을 발견하고 기쁜 마음에 그만, 하하하……! 주군 곁에 계시는 분들이 다들 엄청난 분이시라는 걸 제가 깜빡했습니다. 너그럽게 이해해 주십시오. 하하하……!"

그래서 적이라고 생각하고 주먹을 날렸던 혈뇌사야마저 호감을 담뿍 담아서 지켜보는 가운데, 금공복의 보고가 시작되었다.

종남파와 화산파의 일을 비롯해서 거의 다 설무백이 이미 아는 얘기였으나, 모르는 사건도 있었다.

나쁜 소식과 좋은 소식, 그렇게 두 가지였다.

나쁜 소식은 곤륜파의 본산이 마교의 공격에 괴멸되었다는 것이고, 좋은 소식은 해남검파의 제자 다수가 무림맹에 합류했다는 것이었다.

"전령이나 전갈이 당도한 것이 아닙니다. 그저 풍문으로 전해진 소식입니다. 그 바람에 무림맹에 있던 곤륜파의 장문인

종학검선 운학인이 곧바로 낙화유수 매옥청 등 예하의 제자들을 전부 다 이끌고 청해성 본산으로 떠났다고 합니다."

설무백은 절로 미간을 찌푸렸다.

그사이 혈뇌사야가 그보다 먼저 그의 걱정을 기정사실화했다.

"덫입니다, 분명!"

설무백도 그럴 가능성이 매우 지대하다고 생각했다.

설령 마교 무리의 덫이 아니더라도 운학인이 곤륜파의 본산으로 돌아가는 건 실로 악수였다.

"혹시 무림맹이 지원하나?"

"무림맹의 지원은 없는 것으로 압니다. 운학인이 요구했으나, 신임맹주인 현각대사가 전력의 분산은 곤란한 일이라며 허락하지 않았다고 합니다."

설무백은 절로 고개를 끄덕였다.

잘한 일이었다. 전생의 기억에 따르면 현각대사는 우유부단한 사람이라고 생각했는데, 지금 보니 아닌 것 같았다.

기억의 누수이거나 착오일 가능성이 컸다.

본산이 무너졌다는 소문을 듣고 나서는 구대문파의 하나인 존장의 부탁을 거절하는 것은 맹주의 입장에서 결코 쉽게 내릴 수 있는 결단이 아닌 것이다.

'아니, 어쩌면 남궁유화의 행동일 수도 있겠군.'

영특한 그녀라면 곤륜파의 상황이 함정인지 아닌지를 떠나 작금의 상황에서 무림맹의 전력이 분산되는 것이 얼마나 위험한 악재를 부를 수 있는지 모르지 않을 터였다.

"무림맹에 합류한 해남검파의 인원은 얼마나 되지?"

"백 명이 넘는 인원입니다. 일전에 죽은 일월비천검 반천양과 비교되는 고수인 반수검 적윤이 직접 이끌고 온 해남검파의 정예들입니다."

설무백은 쓰게 입맛을 다셨다.

그도 그럴 것이, 그는 지난날 일월비천검 반천양과 비무한 장소에서 사상쾌도 적사연에게 해남도로 돌아가서 적어도 수년간 정진하라는 권고를 했었다.

하지만 적사연은 그의 권고를 무시하고 해남도로 돌아가지 않았고, 오히려 보란 듯이 오히려 보다 더 적극적으로 무림의 일에 나섰다.

어쩌면 그 선택이 적사연의 의지와 무관하게 그의 아버지이자 해남검파의 장문인인 적사광의 뜻일 수도 있겠지만, 어쨌든 상황은 그랬다.

설무백은 내색을 삼갔을 뿐, 못내 그와 같은 적사연의 행동을 신경 쓰이지 않을 수 없었는데, 상황이 이렇게 되고 보니, 실로 기분이 묘했다.

당시 그의 권고는 전생의 기억으로 내린 판단이었으나, 작금의 상황이 그가 기억하는 전생의 상황과 비교할 수도 없이 빠르게 돌아가고 있었다.

그 바람에 그의 판단이 틀리고, 적사연의 선택이 옳은 것으로 되어 버린 것이다.

이건 그가 실로 앞으로도 유의해야 할 사안이었다.

자칫 전생의 기억을 맹신했다가는 크나큰 아니, 어쩌면 돌이킬 수 없는 재앙을 맞이할 수도 있다는 교훈인 것이다.

"알았다. 수고했다. 앞으로도 사패(四覇)의 동향은 꾸준히 내게 알려 주고, 별도의 지시가 있을 때까지는 마교의 무리에게 접근하지 마라."

사패는 설무백이 정한 강호무림의 네 개 세력이었다.

무림맹과 흑도천상회, 장강수로십팔타, 그리고 속칭 녹림십팔채라 불리지만, 실상 그들, 녹림십팔채와 더불어 녹림삼십육향과 녹림십팔소를 포함하는 녹림칠십이채의 연합인 녹림맹이 바로 그들이었다.

그가 가진 전생의 기억 속에서 암천의 무리로 대변되는 마교의 무리에게 대항해서 주도적으로 싸우던 그들, 네 개의 세력을 그는 사패라 칭하며 주의 깊게 살피고 있었다.

"알겠습니다! 그럼 신체 보존하십시오, 주군!"

금공복이 그렇게 떠나고 나자, 혈뇌사야가 기다렸다는 듯 넌지시 물었다.

"혹시 청해로 가실 생각은 없는 거겠죠?"

"가지 말라는 거지?"

"예."

"이유는?"

"혈교의 짓일 겁니다. 구대마종의 무리 중에서 인신공양만이 아니라 인육을 섭취하는 자들이 적지 않을 정도로 가장 추악한 자들이지만, 가장 강한 족속들이지요. 게다가 아직 확인된 바는 아니나, 극사대법을 통해서 과거 천마대제와 마교 부흥을 놓고 경쟁하던 지옥대제 파릉을 부활시켰다는 소리가 있습니다."

"그 말을 들으니 더욱 가 보고 싶어지는군."

"……!"

혈뇌사야의 눈이 커졌다.

설무백은 피식 웃으며 손을 내저었다.

"농담이야, 농담. 여기 중원의 일만 해도 코가 석 자야. 가며 오며 최소한 열흘은 버려야 하는데, 어떻게 가나 거길?"

혈뇌사야가 안심했다는 표정으로 입을 다물었다.

설무백은 그 모습을 이채롭게 보며 미소를 지었다.

"영감이 두려워할 정도라는 건가, 그들이?"

놀랍게도 혈뇌사야가 대수롭지 않게 고개를 끄덕이며 인정했다.

"다른 사람은 몰라도 지옥대제 파릉을 두려워하는 것은 창피한 일이 아닙니다. 천마대제와 대적할 수 있는 유일하게 인물이었으니까요."

그는 정말 두렵다는 듯이 안색을 굳히며 재우쳐 말했다.

"그자는 정말 지옥에서 살다가 나온 것 가은 광자(狂者)입니다. 우리는 이기기 위해서 혹은 마교의 율법을 지키기 위해서 사람을 죽이지만 그자는 그냥 즐기기 위해서 사람을 죽입니다. 천마대제와 겨룰 정도로 강한 데다가 그렇게 악독하니 두렵지 않을 수 없지요."

그는 치를 떨며 부연했다.

"저는 과거 천마대제를 따라서 그자의 교단을 방문했을 때의 일을 아직도 잊지 못하고 있습니다. 천마대제를 위해 연회를 베푸는 마당에 바싹 말려 죽인 시체를 깔아 두었습니다. 그게 바닥에서 올라오는 습기를 막기 위해서랍니다. 그리고 한쪽에서는 방금 잡아 죽인 시체를 썰고 있었습니다."

그는 악몽 같은 그날의 상황이 떠오르는지 그늘진 눈가에 바르르 경련을 일으키며 지그시 어금니를 악물었다.

"그자가 식사할 때 옆에서 사람을 잡는다는 소문은 익히 들었습니다. 혹시나 했는데, 실제로 그러더군요. 연회장 바로 옆에서 사람을 죽여 해체하고는 잘게 썰어서 식탁에 올렸습니다. 부드러운 부위라고 자랑하며 시식을 했습니다. 핏물이 뚝뚝 떨어지는 사람의 살점을 우걱우걱 잘도 씹어 먹더군요. 정말 사람으로 보이지 않았습니다. 이건 제 개인적인 부탁인데……."

잠시 말꼬리를 늘인 그는 애써 마음을 가다듬은 표정으로 설무백을 바라보며 당부했다.

"그자가 실로 부활했다면 마교의 판도가 바뀔 테고, 그러면 분명 언제고 설 공자와 마주치게 될 겁니다. 그때는 정말 조심하십시오. 천마대제께서 생존해 계실 때도 그자는 마교 서열이 위의 고수였습니다. 그러니 지금은 마교에서조차 그자의 적수가 없다는 얘깁니다. 부디 유념하십시오."

설무백은 문득 의문이 들어서 물었다.

"마교총단의 악초군이 그런 자를 등한시하고 있다는 게 신기하군."

혈뇌사야가 고개를 저으며 대답했다.

"아닙니다. 악초군은 그자를 등한시하고 있지 않습니다. 마교총단을 장악한 악초군이 선뜻 중원으로 들어서지 않는 이유에는 필시 그자의 존재도 한몫하고 있을 겁니다."

그는 덧붙여 말했다.

"다시 말씀드리지만, 마교의 구조는 그리 간단하지 않습니다. 실로 다양한 악종들이 모여 있지요. 저 역시 그중의 하나인 악종이었고 말입니다. 어쩌면 그와 같은 마교의 실태가 설 공자에게는 도움이 될지도 모르겠습니다. 물론 그렇다고 해서 악초군을 무시해서도 안 됩니다. 악초군의 뒤에는 천산파가 있고, 천산파는 누세기 동안 중원을 노리며 살던 몽고족(蒙古族)을 주도하는 세력이니까요."

설무백은 절로 실소했다.

"정말 첩첩산중, 점입가경이군."

혈뇌사야가 자못 음충맞은 기소를 흘렸다.

"그래서 세상이 재미있는 것 아니겠습니까. 요즘 저는 그걸 새삼 절감하고 있습니다. 평생을 마도가 전부라고 알며 살던 제가 이렇게 설 공자를 추종할지 세상천지 누가 감히 상상이라도 할 수 있었겠습니까. 흐흐흐……!"

설무백은 혈뇌사야와는 다른 상황, 다른 내용으로 말미암아 내심 그의 말에 동의했다.

천하의 그 어떤 사람이 그가 환생한 사람임을 상상이라도 할 수 있을 것인가.

그 바람에 그는 모순적이게도 삼천존의 하나인 낭왕의 후예이자, 천마공자의 후예가 되어 있는 것이다.

'그러니 더욱 신중해야지. 마교에도 나 같은 종자가 없으리라는 법은 없으니까.'

설무백이 그런 생각으로 마음을 다잡는 사이, 저 멀리 당가타로 들어가는 길목에서 일단의 무리가 모습을 드러냈다.

설무백은 그들 중 한 사람을 알아볼 수 있었다.

당대 사천당문의 가주인 천수태세 당가휘의 아들이자, 현 사천당문의 주력 세대인 당문오형제의 넷째인 당문폭호 당가진이었다.

다만 당가진은 그를 알아보지 못했다.

백발의 변화가 준 효과인지 잠시지만 직접 얼굴을 마주한 적이 있음에도 그를 기억하지 못하고 있었다.

백발로 인해 그의 존재감이 더욱 부각되었을 거라는 얘기를 들었는데, 그것도 아니라는 방증이었다.

"낯선 자들이 나타났다고 해서 마교의 잔챙이들이 또 면상을 내밀었나 했더니만, 그건 아닌 것 같고. 여긴 가는 곳이 하나뿐인 길인데, 대체 무슨 일로 방문한 자들인가?"

잔뜩 가시가 박혀 있는 당가진의 질문이었다.

천외천의
주인

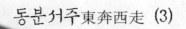

동분서주東奔西走 (3)

설무백은 최근 사천당문이 운남 지역을 차지한 마교의 무리
인 사왕전의 공격을 받아서 서너 차례나 치열한 격전을 벌였
고, 끝내 격퇴했다는 사실을 익히 잘 알고 있었다.

그것은 실로 놀라운 성과였으나, 그 이면에는 사천당문 역시
적잖은 타격을 입었다는 현실도 있었다.

그리고 당가타는 그 이름에서 드러나듯 당문으로 인해 형성
된 마을이고, 거의 모든 사람이 당문과 연관된 일을 하며 살아
가는 지역이었다.

황궁조차 지역적인 특성을 감안해서 대대로 현령을 당문의
사람으로 임명하며, 세금 또한 관이 아니라 당문이 거두어서
임의로 정한 금액을 황궁으로 보내도록 할 정도이니 그에 대해

서는 두말할 나위가 없었다.

즉, 당가타는 당문의 영내와 다름없는 지역이니, 당가타로 들어서려는 설무백 등을 보고 예민하게 반응하는 당가진의 태도는 어쩌면 당연한 일이었다.

세상천지 어디에도 작금과 같은 전시상황에서 자신의 집안으로 들어서려는 낯선 방문자를 반기는 주인은 있을 수가 없는 것이다.

설무백은 일단 예의를 갖추기로 마음먹으며 말했다.

"내가 이렇게나 존재감이 없는 사람인지 몰랐군. 잊은 듯하니 다시 소개하지. 난 난주의 설 아무개다. 기억 안 나나?"

"난주의 설 아무개……?"

당가진이 나직이 읊조리다가 이내 설무백을 알아보며 눈이 커졌다.

"너, 너는 그때 풍잔의 그……!"

설무백은 상관하지 않고 다시 말했다.

"사정이 있어서 당문의 어르신들을 만나 뵈러 왔다. 길 좀 열어 주겠나?"

당가진의 낯이 붉어졌다.

그는 이내 두 눈에 노기를 띠며 벽력같은 고함을 내질렀다.

"이놈! 몰상식해도 유분수지, 네놈이 어찌 그 건방진 낯짝을 들고 여기를 찾아온단 말이냐! 네놈이 정녕 죽고 싶어서 환장했구나!"

설무백은 끌끌 혀를 찼다.

"너는 예나 지금이나 한결같이 한심하구나. 어찌 아직도 그리 사람 보는 눈을 키우지 못한 거지?"

"오냐 그래! 죽고 싶다면 죽여 주는 게 도리지!"

당가진이 이를 악물었다. 파르르 경련을 일으키는 그의 눈가가 섬뜩한 녹광으로 번들거렸다.

독공을 운기한 것이다.

그때 그의 뒤에서 차분한 여인의 목소리가 들려왔다.

"너무 성급하시네요, 당사대협(唐四大俠)."

당가진의 뒤에는 다섯 사람이 서 있었는데, 그중 가장 뒤에 서 있던 작은 체구의 죽립인이었다.

당가진이 흠칫하며 멈추고 그 죽립인을 돌아보았다.

설무백은 그제야 죽립인의 의복이 왼쪽 어깨에서 오른쪽 겨드랑이 밑으로 걸치는 법복(法服)인 가사(袈裟)만 걸치지 않았을 뿐, 승려들의 장삼인 승복과 닮았다는 것을 알아보았다.

가사를 걸치지 않았고, 승려들의 일반적인 장삼과 달리 소매가 헐렁하지 않게 바짝 조여져 있어서 승복이라고 생각하지 못한 것이다.

'아미파!'

그랬다.

구대문파 중에서도 따로 오대검파의 하나로 불리는 아미파의 비구승만이 수발을 자유롭게 움직이기 위해서 그와 같은 승복을 입었다.

죽립을 깊이 눌러쓴 그 비구승, 아미파의 제자가 돌아보는 당가진을 의식하며 다시 말했다.

"당문을 찾아온 손님은 이제 더 이상 당문만의 손님이 아님을 잊으신 건가요?"

사뭇 준엄하게 들리는 질타였다.

당황하며 돌아보던 당가진이 거듭 움찔하며 대답했다.

"저자는 우리 사천당문의……!"

"저자가 누군지, 어떤 사연으로 사천당문과 척진 것인지는 제게 중요하지 않아요. 제가 중요하게 생각하는 것은 사천에서 벌어지는 일은 그것이 아무리 사소한 일일지라도 우리와 당문, 그리고 청성파가 함께 해결해야 한다는 게 어르신들의 결정이에요."

"……"

당가진이 꿀 먹은 벙어리처럼 입을 다물었다.

붉어진 얼굴이 더욱 붉게 변해서 살벌한 분노의 감정이 여전히 가슴에서 부글거리는 것으로 보였으나, 애써 숨을 다독이며 참고 있었다.

죽립을 쓴 아미파의 제자가 그럴 수밖에 없는 지위를 가졌다는 방증이었다.

설무백이 그런 생각을 가지고 죽립의 비구니를 주시하는 참인데, 그녀가 앞으로 나서며 당가진에게 양해를 구했다.

"빈니가 나서도 되겠는지요?"

안색이 굳어진 당가진이 싫지만 어쩔 수 없다는 듯이 시큰둥하게 자리를 비켜 주었다.

"그러시든지……!"

죽립의 비구니가 가볍게 고개를 숙이는 것으로 예의를 차리며 설무백을 향해 합장했다.

"빈니는 아미의 월정(月頂)입니다. 풍잔의 주인이신 설무백, 설 소협의 혁혁한 명성은 익히 들어서 잘 알고 있습니다만, 우연찮은 기회로 저 역시 설 소협께서 사천당문과 불편한 관계인 것도 알고 있습니다. 그런 마당에 어떤 일로 이렇게 몸소 사천을 찾으셨는지 몹시 궁금하네요. 실례가 아니라면 예서 그 사연을 들을 수 있겠는지요?"

죽립의 비구니, 아미파의 제자 월정의 말이 끝나기도 전에 언제라도 불씨만 생기면 당장에 폭발해 버릴 화약고처럼 잔뜩 안색을 굳힌 채 바라보던 당가진의 표정이 눈에 띄게 변했다.

그 역시 죽립의 비구니, 아미파의 제자인 월정이 설무백의 정체를 알고 있다는 사실에 적잖게 놀란 기색이었다.

설무백도 의외였다.

'나를 알아?'

그러나 그의 놀람은 아미파의 제자인 월정이 자신을 아는 것에 그치지 않았다.

아미파는 역사와 전통을 자랑하는 도량답게 불가의 진학에 주력하지만, 다른 한편으로 하늘에 나타나는 현상을 가지고 개인이나 집단, 더 나아가서 국가의 운명까지 예측하는 학문이, 이른바 성복학(星卜學)이라 불리는 점성술(占星術)의 공부가 탁월해서 그 방면에는 자타가 소림사과 무당파를 능가한다고 인정하는 대가였고, 그에 따라 하늘의 현상을 읽는 데 기본이 되는 일월성신(日月星辰)을 매우 중히 여기는 까닭에 실로 뛰어난 제자에게만 그 이름을 법명(法名)으로 하사하는 전통을 가지고 있었다.

그런데 지금 죽립의 비구니가 자신의 법명이 월정이라고 밝혔다.

즉, 월정은 아미파에서 가장 뛰어난 제자들인 일월성신, 세명의 제자 중 하나라는 것이다.

'……이로써 당문오형제의 넷째인 당가진이 양보하는 이유는 알겠는데, 왜 이리 기분이 묘하지?'

정말이었다. 이유는 모르겠으나, 월정을 마주하는 순간부터 설무백은 기분이 묘했다.

마치 무언가 자신이 놓치고 있는 것 같다는 기분이었다.

그 때문이었다.

설무백은 전에 없이 까다롭게 굴었다.

"실례요. 얼굴도 마주하지 않는 사람에게 그런 내막까지 밝히고 싶지는 않소."

월정이 잠시 머뭇거리다가 죽립을 뒤로 넘겼다.

파르라니 깎은 머리가 무색할 정도로 미소녀의 얼굴이 드러났다.

"이제 되었습니까?"

설무백은 잠시 뜸을 들이다가 되물었다.

얼굴을 보자 묘하게 느껴지던 기분이 더욱 거세게 다가와서 그럴 수밖에 없었다.

"속명이 뭐요?"

월정이 살짝 미간을 찌푸렸다.

"실례를 싫어하시는 분이 아니신가요? 세속을 떠난 승려에게 세속의 이름을 묻는 것은 불가에서 대단히 큰 실례입니다."

설무백은 뻔뻔스럽게 나갔다.

"나는 불가가 아니라 세속에 사는 속인이요. 하물며 불가의 교리는 자비(慈悲)가 아니오. 자(慈)는 만물을 사랑하는 마음인 애념(愛念)을 가지고 중생에게 낙(樂)을 주는 것이요, 비(悲)는 만물을 불쌍히 여기는 민념(愍念)을 가지고 중생의 고(苦)를 없애 주는 사랑이라, 이 둘이 합쳐진 자비는 이기적인 탐욕을 벗어나서 질투심과 분노를 극복한 넓은 마음으로 모든 중생에게 즐거움을 주고, 고통을 제거하여 근심과 걱정, 슬픔을 제거해 주는 것이라고 들었는데, 그대는 승려인 주제에 고작 속명을 알려 달라는 한마디에 화를 내는 좁은 소견으로 세속에 사는 내게 즐거움은커녕 근심과 걱정, 슬픔보다 더한 분노를 안겨 주는구려."

월정이 장황하기 짝이 없는 설무백의 생떼에 질려 버린 듯 얼빠진 모습으로 마른침을 삼키고는 이내 한숨을 내쉬며 대답했다.

"일묘입니다. 부모가 누군지도 모르게 산길에 버려졌는데, 지나가던 어떤 과객이 주어서 기루에 팔아넘기면서 대낮에 고양이처럼 웅크리고 있었다고 얘기해 주자, 기루의 주인이 지어준 이름이라고 하더이다."

설무백은 이제야 스스로 이해할 수 없었던 기분의 정체가 무엇이었는지 깨달았다.

단순한 직감이었는지, 아니면 이루어지지 못한 운명의 잔재가 안겨 준 육감이었는지는 모르겠으나, 일묘는 그가 알고 있던 사람이었다.

지난날 그가 전생의 기억을 이용해서 인연을 맺고자 했던 강호의 후기지수들 중의 하나가 일묘였다.

광서성의 성도인 남녕에서였다.

당시 그는 간발의 차이로 일묘를 만나지 못했었다.

'범상치 않은 비구니들이 찾아와서 기원에 상주하는 왈짜패들을 때려눕히고 데려갔다고 하더니만, 그게 아미파의 제자들이었군.'

설무백은 거짓말처럼 친근해진 눈빛으로 월정을 바라보았다.

인생하처불상봉(人生何處不相逢)이라던가? 세상은 넓고도 좁은 곳이라 만나게 될 사람은 어떻게든 다시 만나게 된다더니, 과연 그랬다.

비록 간발의 차이로 만나지 못해서 매우 아쉽긴 했으나, 다시 만나리라고는 감히 꿈에도 상상하지 못했는데, 결국 이렇게 만나게 된 것이다.

"그날 남녕은 참 지겹게도 더웠었지……."

설무백은 그날을 회상하며 실로 감개무량해서 자신도 모르게 중얼거렸다.

그의 말을 흘려들은 월정의 눈이 커졌다.

"지금 뭐라고 했죠? 남녕요?"

설무백은 그제야 자신의 실수를 깨달으며 안색을 바꾸고 시치미를 뗐다.

"남녕? 그건 또 무슨 소리……? 난 그저 남의 얘기에 화가 나는 것도 참 오랜만이라고 했을 뿐이오. 괜히 물었구나, 후회하고 있소. 아픈 구석을 들춰서 미안하오."

"아, 그 얘기였나요?"

"왜 그러시오?"

"아니에요."

미심쩍은 표정이던 월정이 이내 설마 그럴 리가 없다는 표정으로 변해서 고개를 저었다.

"제가 잘못 들은 모양이네요."

설무백은 넌지시 말문을 돌렸다.

"그보다 궁금한 것이 하나 있는데, 물어도 되겠소?"

월정이 승낙했다.

"물어보세요."

설무백은 짧게 물었다.

"무림맹의 희 소저와는 어떤 관계요?"

월정이 그 질문이 나올 줄 알았다는 듯 입가에 미소를 그리며 잠시 뜸을 들이다가 실토했다.

"그래요. 설 소협에 대한 얘기는 그녀에게 들은 거예요. 설 소협도 아시겠지만, 그녀는 우리 아미파에서 매우 특별한 존재이고, 저와는 같은 사부님을 사사한 사매지간입니다."

설무백은 내심 새삼 놀랐다.

대외적으로 알려지진 않았으나, 아미속가제일인인 희여산은 당대 아미파의 장문인인 금정신니와 아미파의 장로인 혜월신니 등을 사사한 아미파의 전대고인이자, 최고 항렬이며, 최고수로 알려진 불인사태(佛印師太)의 무기명제자였다.

그런 희여산의 사매라면 이제 고작 묘령인 월정이 아미파의 최고수인 불인사태의 직전제자이고, 당대 아미파의 당문인인 금정신니와 같은 항렬의 제자라는 뜻이었다.

과연 사천당문의 주력 세대인 당가오형제의 넷째 당가진이 바로 소침해져서 물러선 이유가 있었다.

"내가 실로 고인을 몰라본 격이구려. 알겠소. 저치로 인해 틀어진 마음은 이제 다 풀렸으니, 그대가 물은 말에 대답하리다.

천화천의
주인

나는 사천당문이 마교와 격전을 벌였다는 얘기를 듣고 미력하나마 도움을 주고자 찾아왔소. 작금의 강호무림에서 나보다 더 마교에 정통한 사람은 없다고 자부하오. 도움이 될 거요."

월정이 잠시 가만히 설무백의 시선을 마주하다가 이내 당가진을 바라보며 물었다.

"어떻게 생각하세요?"

당가진은 그야말로 붉으락푸르락하는 안색이었다.

그 상태로, 그는 잠시 더 설무백을 매섭게 노려보다가 이내 신경질적으로 돌아서며 대답했다.

"갑시다. 오월동주라고 치면 되겠지."

월정이 그런 그를 따라가며 멋쩍은 기색으로 설무백을 돌아보았다.

"가시죠?"

"그럽시다."

설무백은 내심 당가진이 성격은 급한지 몰라도 기본적으로 사리 분별없이 막돼먹은 종자는 아니라는 생각으로 피식 웃으며 그들의 뒤를 따라갔다.

사천당문은 당가타를 가로질러서 북쪽 외곽으로 이십여 리 떨어진 곳에 자리한 거대한 장원이었다.

산기슭을 끼고 숲과 절벽으로 둘러싸인 요충지에 자리한 그곳에서 설무백은 다시금 뜻밖의 인물들을 만나게 되었다.

청성파의 대장로인 송풍검객(松風劍客) 채곤(蔡鯤)과 청성파의 전대고수로, 일왕쌍성삼신사마로 대변되는 천하십대고수 중 삼신의 하나인 청성신기(靑城神奇) 주선보(住單保)의 의발전인(衣鉢坐人) 청운적비(靑雲赤匕) 기소무(基少武)가 바로 그들이었다.

설무백은 그 자리에서 직감했다.

운남을 장악하고 사천으로 들어선 마교의 무리인 사왕전을 격퇴한 것은 사천당문을 비롯한 아미파와 청성파가 함께한 연합의 힘이었다.

그가 내심 바라던 바가 벌써 이루어져 있는 것이다.

그런데 하필이면 그 자리에서 진짜 시비가 일어났다.

당가진과 월정의 뒤를 따라서 숲과 절벽으로 둘러싸인 요충지에 자리한 사천당문의 거대한 장원으로 들어선 설무백은 당연하게도 외부인을 위한 객청으로 갈 줄 알았다.

그러나 아니었다.

거대한 장원에 어울리는 거대한 대문을 통과하기 전부터 오가는 사람들의 인사를 받으며 혹은 인사를 하며 발길을 재촉한 그들이 설무백 등을 데려간 곳은 중정으로 보이는 정원을 끼고 세워진 대전이었다.

'독황부천(毒皇副天)'이라는 현판이 걸린 그곳은 바로 당대 사천당문의 가주인 천수태세 당가휘의 거처였고, 예상치 못하게도 그곳, 대청에는 당가휘를 비롯해서 일명 당문의 쌍독종으로 불리는 팔비독종 당백과 다비독종 당소 등, 사천당문의 주력 세대인 당문오형제와 아미파의 장문인인 금정신니, 그리고 청성파의 대장로인 송풍검객 채곤(蔡鯤)과 청성파의 신성인 청운적비 기소무가 함께 있었다.

물론 설무백 등을 영접하기 위해서 모인 것으로 보이지는 않았다.

무언가를 논의하기 위해서 모였는데, 뜻밖에도 그가 왔다는 전갈을 듣고 기다린 눈치였다.

대청의 분위기는 환영하는 것이 아니라 실로 의외의 상황과 직면해서 대체 무슨 일인지 또한 무슨 일이 벌어질지 자못 궁금하다는 듯한 호기심과 긴장이 짙게 깔려 있었다.

'어째 말썽이 일어날 것 같은 분위기로군.'

설무백은 절로 그런 생각이 들었다.

다른 무엇보다도 예사롭지 않게 그를 주시하는 쌍독종, 당백과 당소의 눈빛이 그것을 암시하는 것 같았다.

당백과 당소가 얼마나 괴팍한 성질머리를 가진 노인들인지 잘 알기 때문인데, 그뿐이 아니었다.

청성파의 제자인 청운적비 기소무의 눈빛도 적이 예사롭지 않았다.

마치 무슨 일이 일어날 것을 기대하는 눈빛이었다.

기소무가 작금의 강호무림에서 가장 뛰어난 후기지수들이라고 일컫는 무림팔수의 하나이기 이전에 천하십대고수 중 삼신의 하나인 청성신기 주선보의 제자라는 것을 익히 잘 아는 그

인지라 못내 신경이 쓰이지 않을 수 없었다.

하필이면 그가 당문오형제의 막내인 독룡의 곁에 서 있어서 더욱 그런 느낌이 드는 것인지도 모른다.

과거의 인연 때문인지 아무런 거부감 없이 오히려 친근하게 바라보는 당룡과 사뭇 달라서 대조를 이루는 기소무의 눈빛에서는 이유를 알 수 없는 적의마저 느껴졌다.

물론 그런 기소무의 눈빛이 설무백을 위축시킬 수는 없었다.

그저 그가 걱정되는 것은 지금 동행한 철면신과 혈뇌사야의 존재였다.

당백과 당소 등은 화산파의 화산노인과 버금가는 고수들이었다.

화산노인이 알아본 이상, 그들도 철면신의 비정상적인 기도와 혈뇌사야의 마기를 간파할 수 있을 터였다.

'미안하지만 양해를 구하고 혈뇌사야만이라도 모처에 대기시킬 것을 그랬나?'

설무백은 문득 그런 생각을 했다가, 이내 떨쳐 냈다.

같은 길을 가는 동료를 언제까지나 숨길 수는 없었다.

아니, 숨겨서도 안 되는 일이었다.

그때 당소가 짧은 알은척으로 그를 맞이했다.

"오랜만이군. 언제고 다시 볼 줄은 알았지만, 이렇게 자네가 직접 당문을 찾아올 줄은 몰랐네그려."

사실 설무백도 자신이 이렇게 당문을 찾아올 일이 생길 줄은 몰랐다.

그는 포권으로 예를 취하며 솔직히 속내를 드러냈다.

"오랜만에 뵙습니다. 사실 저도 몰랐습니다. 살다 보니 이렇게 생각과 다르게 돌아가는 일도 생기네요."

당소가 뼈있는 말로 받았다.

"세상이 그렇지. 한 치 앞도 모르는 게 세상인 게야."

설무백이 어색하게 웃는 참인데, 좌중의 중심을 차지하고 서 있던 당문의 가주, 천수태세 당가휘가 나섰다.

"어서 오시오. 워낙 뜻밖의 방문이라 따로 격식을 차리지 못하고 그냥 이리로 모셨으니, 무례하다 말고 너그럽게 양해해 주시오."

설무백은 의외로 부드럽게 나오는 당가휘의 태도에 본의 아니게 머뭇거리게 되었다.

지난날 당가휘에 대해서 물었을 때 들려 준 제갈명의 평가가 뇌리를 스친 까닭이었다.

-당가휘가 어떤 인물이냐고요? 그 대답을 해 드리려면 그의 대한 세간의 소문부터 아셔야 합니다.

-소문에 의하면 그는 그저 그런 인물입니다. 작은 체구에 수더분한 성격이고, 딱히 뛰어나지도 않지만. 딱히 부족하지도 않으며, 이렇다 할 전공을 세운 적은 없는 것은 사실이라도, 명

색이 사천의 패주인 사천당문의 가주이니 마땅히 대우는 해 주어야 하는 인물이라 이겁니다. 사람을 평하는 말치고는 실로 애매모호한 평가지요.

─그런데 말입니다. 사천 땅에는 명실공히 구대문파에 속한 아미파와 청성파가 있습니다. 여기서부터는 제 평가인데, 과연 그들의 등살에서 사천의 패주로 자리매김한 사천당문의 가주가 그렇게나 호락호락한 인물일까요?

─절대로 말이 안 되는 소리죠. 하물며 당가휘는 일찍이 불혹의 나이로 사천당문의 가주가 되었습니다. 역대 최연소라는 것은 차치하고, 천하에 명성이 쟁쟁한 쌍독종을 제치고 말입니다. 과연 소문처럼 물에 물 탄 듯 술에 술 탄 듯 밍밍한 사람이 그럴 수 있을까요?

─어림 반 푼어치도 없는 소리입니다. 좋게 말하면 적당히 분수를 알고 처신해서 주변의 인정을 받는 인물이라는 생각도 할 수 있지만, 저는 그렇게 보지 않습니다. 무려 사천의 패주인 사천당문입니다. 평범한 인물이 가주가 된다는 것 자체가 어불성설입니다. 정말 특별한 인물이고, 그런 인물이 평범해 보인다는 것이 오히려 확실한 증거라고 봅니다.

─분명하게 말씀드리지만, 저는 작금의 강호무림에서 가장 주의해야 할 사람이 누구냐는 질문을 받는다면 주저하지 않고 그를 찍을 겁니다.

천외천의
주인

설무백은 제갈명의 평가가 옳다고 생각했다.

지금 마주한 당가휘의 인상은 역시나 애매해서 쉽게 부류를 나눌 수 없는 인물이라는 생각이 들었다.

'경계해야 할 인물!'

설무백은 수더분하게 인사를 건네는 당가휘에 대한 첫인상을 내심 그렇게 평가하며 인사를 받았다.

"별말씀을…… 무례는 예고도 없이 갑작스럽게 찾아온 제가 했지요. 나름의 고심 끝에 찾아온 것이니 너그럽게 용인해 주시길 바랍니다."

당가휘가 사람 좋게 보이는 미소를 지으며 허허 웃고는 물었다.

"그렇다고 치고, 어디 한번 고심까지 해 가며 당문을 찾아온 이유나 들어 봅시다. 무슨 일인 게요?"

설무백은 어색하게 웃는 낯으로 아미파의 금정신니와 청성파의 채곤 등을 일별하며 거짓 없는 속내를 드러냈다.

"그게 지금 보니 제가 주제넘게 쓸데없는 오지랖을 부린 갈습니다. 굳이 오지 않아도 되었는데 말입니다."

당가휘가 예리하게 그의 말을 알아들었다.

은근슬쩍 그를 따라서 금정신니와 채곤 등을 일별하며 물었다.

"설 소협의 말은 우리 당문이 아미파, 청성파와 함께하기를 바라서 찾아왔다는 소리로 들리는구려. 그런 거요?"

"그렇습니다."

설무백은 짧게 인정하고 부연했다.

"제가 어쩌다 보니 마교에 대해서 아는 바가 좀 생겨서 살펴 본 결과, 중원을 가지려는 저들의 야욕은 절대적이며, 그만한 힘도 가졌다는 것을 알게 되었습니다. 해서, 나름 대책을 마련하던 중, 저들의 공세에 무너진 구대문파의 사정을 듣고 서둘 러 당문을 찾아뵙게 되었습니다."

당가휘가 중얼거렸다.

"고맙게도 우리 당문도 저들의 표적일 거라고 생각해서 말이 지?"

약간 뼈가 있는 말이었다.

일개 흑도가 천하의 당문을 걱정했다니, 자존심이 상한 것 일 수도 있었다.

설무백은 명문 정파의 자존심이 얼마나 대단한지 익히 잘 알기에 내심 대수롭지 않게 넘기며 내친김에 더 직설적으로 계 속 말했다.

"운남을 장악한 마교의 무리는 마교총단 아래 구성된 삼전 오문구종의 무리 중 사왕전의 세력입니다. 그들의 전력은 작금 의 강호무림을 혼란에 빠트린 천사교의 아래가 아니며, 무림맹 과 흑도천상회와 싸우느라 적잖게 전력이 소실된 천사교와 달 리 온전한 전력을 보유하고 있습니다. 따라서 좁은 저의 소견 으로 그들이 사천을 공략할 경우, 당문의 힘만으로는 부족할 수도 있다고 판단했습니다."

당가휘가 고개를 끄덕이며 말을 받았다.

"그런데 와 보니 우리 당문이 이미 아미파, 청성파와 공조하고 있더라, 이 말이로군그래."

설무백은 괜한 분란의 조장하기 싫어서 최대한 자신을 낮추었다.

"제가 젊은 혈기에 괜한 오지랖을 부린 거지요."

당가휘가 슬쩍 고개를 돌려서 쌍독종과 금정신니, 채곤 등에게 시선을 주며 물었다.

"어떻게들 생각하시오?"

쌍독종, 당백과 당소는 그저 침묵한 채 말이 없이 금정신니 등을 바라보았다.

그들의 시선을 받은 금정신니가 미소 띤 얼굴로 고개를 끄덕이며 호의적으로 말했다.

"들었던바 그대로 향후 흑도의 기둥이 될 만한 인물이군요. 걱정하는 생각만으로도 갸륵한데, 이렇게 직접 나서다니, 심히 고맙기까지 하군요."

'희여산의 영향인가?'

설무백이 그런 생각으로 내심 고소를 금치 못하는 참인데, 채곤이 바로 나서지 않고 슬쩍 기소무를 바라보았다.

장내에 있는 작금의 조합에서 채곤보다는 기소무의 입김이 더 세다는 뜻일 텐데, 기소무가 이때다 싶은 눈빛을 드러내며 나섰다.

"제가 말씀드려도 되겠는지요?"

당가휘가 으레 있었던 일을 대하듯 대수롭지 않게 승낙했다.

"말해 보시게."

기소무가 냉랭하게 말했다.

"저는 아무래도 납득할 수가 없습니다. 저 친구의 말을 곧이곧대로 믿는다면 마교의 득세로 중원무림이 혼란에 빠진 이 시국에 고작 일개의 흑도가 중원의 안위를 위해서 발 벗고 나섰다는 훌륭한 얘기인데, 그걸 진실로 받아들이려면 우선 설명되어야 할 한 가지 문제가 있습니다."

당가휘가 물었다.

"그게 무엇인가?"

"저자가 대답해야 할 문제이니, 제가 직접 물어봐도 되겠는지요?"

"그러시게나."

당가휘의 허락과 동시에 기소무가 차가운 시선을 설무백에게 돌리며 비웃듯이 입술을 일그러뜨리며 이죽거렸다.

"귀하는 난주에서 득세하고 있는 풍잔의 주인이 아닌가? 앞선 귀하의 말이 사실이라면 중원무림이 혼란에 빠져서 내일을 기약하기 어려운 작금에 이르도록 집구석에 틀어박혀서 꼼짝도 하지 않는 풍잔의 행태는 대체 어떻게 된 일인 것인가?"

설무백은 같잖게 보이는 기소무의 언행이 눈에 거슬려서 픽 웃으며 말했다.

"어른들 말씀하시는데 자발머리없이 불쑥 끼어드는 것을 보고 그저 건방지다고만 생각했는데, 이제 보니 그냥 생각하는 머리가 없는 자였군."

순간적으로 기소무의 낮이 붉게 변했다.

그러다가 이내 도끼눈이 되어서 벼락같이 소리쳤다.

"아니, 그게 무슨 망발……!"

"닥쳐!"

설무백은 준엄하게 잘라 말했다.

"나는 네게 그런 사정을 밝힐 이유도 없을 뿐더러, 너는 내게 그걸 들을 자격도 없다! 생각하는 머리가 없는 자에게 무슨 얘기를 어떻게 해 줄 것이냐!"

"익!"

기소무가 이를 악물며 앞뒤 안 가리고 칼자루를 잡아갔다.

설무백은 그 순간에 눈빛이 바뀌어서 싸늘하게 경고했다.

"그 칼을 뽑으면 넌 죽는다! 죽고 싶으냐?"

"……!"

기소무가 그대로 굳어졌다.

순간적으로 본색을 드러낸 설무백의 기세에 완전히 압도되어 버린 것이다.

설무백은 더 이상 볼일이 없다는 듯 대수롭지 않게 그를 외면하며 당가휘를 향해 말했다.

"마교의 무리가 중원으로 들어설 수 있는 길은 수도 없이 많지만, 그 대부분은 소수에 한에서이고, 다수가 이동할 수 있는 길은 바다를 제외하면 그다지 많지 않습니다. 정확히 말해서 많게는 여덟 곳, 작게는 네 곳에 불과하지요. 그중 하나가 우리 풍잔이 자리한 난주를 통해야 하는 하서회랑입니다. 실제로 저들의 총단이 주둔한 지역이 하서회랑의 중심인 주천부 인근이고요."

그는 애써 웃는 낯으로 재우쳐 확인했다.

"이 정도면 답이 되었습니까?"

장내의 분위기가 무겁게 가라앉았다.

그런 장내의 분위기를 예민하게 느끼는 듯 주변을 돌아본 당가휘가 애써 아무렇지도 않은 것처럼 설무백을 바라보며 확인했다.

"풍잔이 마교가 노리는 중원의 길목 중 하나를 막고 있다는 것이오?"

이미 충분히 알아들은 얘기를 굳이 확인하는 것은 아마도 좌중을 위한 배려일 것이다.

그러나 설무백은 거기에 호응하고 싶지 않았다.

"저는 그렇게 말씀드린 적이 없습니다. 저는 단지 풍잔은 강한 적이 지근거리에 있기에 강호무림의 일에 나서지 못하고 있다는 사실을 알려 드리는 것뿐입니다."

당가휘가 실로 무색해졌다.

그는 대꾸할 말을 잊은 표정으로 설무백을 바라보았다.

생각이 많아진 표정이었고, 실제로 그랬다.

이자는 그저 대담해서 때와 장소를 가리지 않고 누구 앞에서 나 할 말을 하는 자인가, 아니면 따로 믿는 구석이 있어서 이러는 것일까?

일순 그는 자못 날카롭게 변화시킨 눈빛으로 설무백을 찌르듯이 노려보았다.

어디까지나 무심한 설무백을 새삼스럽게 살펴보는 것이다.

이십 대의 잘생긴 청년이었다.

눈가를 가로지르는 엷은 칼자국이 자칫 순하게만 보일 수 있는 얼굴을 제법 기개가 출중한 사내답게 보이도록 하는데, 이유를 모르게 깊은 눈빛과 눈이 부실 정도로 광채가 나는 은발의 조화가 기괴함을 넘어서 신비로움을 자아내고 있었다.

'내가 알아볼 수 없는 크기의 그릇이라는 건가?'

당가휘는 질박하지도, 사실을 부정할 정도로 편협하거나 무능하지도 않았다.

그래서였다.

그는 설무백을 있는 그대로 온전히 받아들일 수 없었다.

이런 자가 적이라면 그 폐해가 이루다 말로 할 수 없을 지경일 것이다. 아무래도 이래저래 아직은 거리를 두고 경계하는 것이 좋았다.

"그렇군."

당가휘는 우선 설무백의 말을 수긍하며 재우쳐 물었다.

"아무튼, 여기 사천도 저들의 무리가 중원으로 들어설 수 있는 네 개의 길목 중 하나라는 뜻이겠구려. 아니 그렇소?"

설무백은 고개를 끄덕이며 대답했다.

"운남은 사천과 귀주, 광서로 통합니다. 그 세 지역의 길목은 실로 넓어서 강호무림의 그 어떤 세력도 감당하기 어려울 겁니다. 다만 마교의 특성상 굳이 우회하는 길을 택할 리는 만무하니, 사천과 귀주의 서북부가 요충지인데, 그들은 이미 사천의 행로를 택했고, 실패했습니다. 따라서⋯⋯!"

당가휘가 그의 말을 가로채며 물었다.

"절대 사천을 포기할 리 없다, 이건가?"

설무백은 추호도 망설임 없이 고개를 끄덕이는 것으로 수긍하며 말했다.

"제가 아는 저들은 자신들의 위에 그 누구도, 어떤 무림의 세력도 올려놓지 않습니다. 그야말로 유아독존이지요. 지금 저들이 중원 침공을 단행하지 않는 것도 그와 같은 성질로 인한 어부지리라는 것이 저의 판단입니다. 중원의 세력을 걱정하는 것이 아니라 자신들의 동료들을 경계하는 거지요. 그런 자들의 하나인 사왕전의 무리가 격퇴당한 수치를 감내하며 길을 우회할 거라고는 도저히 생각할 수 없습니다."

"음."

당가휘가 나직이 침을 흘렸다. 그리고 다시금 당백과 당소,

금정신니 등을 둘러보며 의견을 물었다.

"어떻게 생각하십니까?"

시종일관 침묵을 지키고 있던 당백이 입을 열어서 작금의 사안과 전혀 상관없는 질문을 던졌다.

"사제는 지난날 자네와 만난 적이 있고, 제법 상세하게 기억하고 있더군. 자네를 만나서 난생처음으로 장강후랑추전랑(長江後浪推前浪 : 장강은 뒷 물이 앞 물을 밀어내고), 일대신인환구인(一代新人煥舊人 : 새 인물이 옛 사람을 대신한다)라는 문자가 사실임을 느꼈다며 칭송했지. 그런데 이 늙은이는 왜 자네를 한 번도 만난 적이 없는데, 지금 이렇게 자네가 전혀 낯설지 않은 것일까? 혹시 자네는 그 이유를 알고 있나?"

설무백은 실로 난처해졌다.

혹시나 했는데, 역시나 당백은 지난날 독선지회 때, 복면을 쓰고 마주한 그의 기도와 기풍을 아직도 기억하고 있는 듯 보였다.

'언제까지 숨길 수는 없는 일이다.'

당백의 질문을 받고 침묵하는 그로 인해 장내의 분위기마저 정적으로 가라앉았다.

다른 사람에게는 질문 같지 않은 질문이었기 때문이다.

그저 흔한 얼굴이라 '그런가 보다' 하는 대답으로 쉽게 넘어갈 수 있는 질문인 것이다.

설무백은 고심 끝에 대답했다.

"노야께서는 저를 본 적이 있습니다."

당백이 눈을 빛내며 물었다.

"나이를 들면 기억력이 감퇴하는 법이지. 노부의 기억을 되살려 주겠나?"

설무백은 슬쩍 구석에 서 있는 당문독룡 당가천를 일별하며 그날의 사실을 밝혔다.

"지난번 독선지회 때 뵀었습니다. 당시 오독문의 대표로 나선 태상호법이 바로 저였습니다."

"……!"

장내가 충격의 도가니로 변했다.

다들 믿을 수 없다는 표정으로 설무백을 바라보고 있었다.

특히 당소와 당가천은 한 방 맞은 표정이었다.

그러나 정작 질문을 던진 당백은 차분했다.

그는 아무렇지도 않게 고개를 끄덕이며 말했다.

"그랬군. 어쩐지 낯설지 않다 싶더니, 그래서였어. 그날의 무승부가 강호무림을 위해서 참으로 좋은 결단이었음을 이제야 알겠네."

설무백은 절로 고개를 갸웃했다.

지금 당백은 그날의 내막을 아는 듯이 말하고 있지 않은가.

아니나 다를까, 당백이 이내 웃는 낯으로 당가천을 바라보며 말했다.

"가주, 그날 가천이가 돌아오는 길에 이런 말을 해 주었소.

상대는 능히 자신을 이길 수 있는 능력을 지녔지만, 자신은 그런 상대의 능력조차 제대로 파악하지 못했다고, 그럼에도 불구하고 그가 먼저 악습의 폐해를 막고자 무승부를 제안했다고 말이오."

그는 결정을 내리는 듯한 말을 덧붙였다.

"중원무림을 위하는 설 소협의 진심은 이미 그날에 벌써 증명된 것과 같으니, 이 늙은이는 더 이상 그를 두고 왈가왈부할 필요는 없을 것 같소, 가주."

"사숙의 뜻대로⋯⋯!"

당가휘가 정중히 공수하며 대답하고는 금정신니와 채곤 등을 향해 재우쳐 물었다.

"어떠신지⋯⋯?"

금정신니가 기꺼운 태도로 대답했다.

"아미파는 이미 설 소협의 협객행(俠客行)을 익히 잘 알고 있는바, 괜한 질문이시오."

채곤이 곧바로 말을 받았다.

"설 소협이 가져다준 정보가 우리에게 적잖은 도움을 줄 듯하니, 이의 없소이다."

이번에는 채곤이 기소무의 눈치를 보지 않고 먼저 나서서 대답한 것이니, 끝까지 이유를 달고 있었다.

설무백은 못내 그게 성에 차지 않았지만, 굳이 내색하지 않았다. 내색할 필요가 없기도 했다.

뒤로 물러나서 그를 바라보는 기소무의 시선을 보니 이 자리를 끝으로 곱게 물러날 눈빛이 전혀 아니었다.

'삼신의 하나인 청성신기 주선보의 절기를 볼 기회가 곧 생기겠네.'

설무백은 내심 그런 판단으로 숨죽인 기소무의 도발을 오히려 기꺼워하며 태연하게 무시해 버렸다.

그리고 지난날의 기만을 대수롭지 않게 용인해 준 당백을 향해 정중히 공수했다.

"지난날의 기만을 너그럽게 용인해 주셔서 감사합니다, 노야."

당백이 자못 짓궂은 개구쟁이 같은 미소를 흘리며 대꾸했다.

"세상에 공짜가 어디에 있나. 언제고 자네를 한번 속여도 되겠거니 하며 속으로 기뻐하고 있으니, 그리 알겠네."

설무백은 당백의 말이 그와 가까워지려는 노력임을 느끼며 미소로 화답했다.

"기대하고 있겠습니다."

"그보다……."

그때 당가휘가 슬쩍 끼어들었다.

"어제오늘 종남파와 화산파가 마교 무리의 공격을 받아서 상당한 타격을 받았다는 얘기를 듣고 있소. 혹시 그에 대해서 아는 바가 있소?"

사천으로 들어선 설무백의 행보가 섬서성을 통했으리라고

보며 하는 질문일 것이다.

"그렇지 않아도 오다가 소문을 듣고 그곳을 들렀는데……."

설무백은 종남파의 괴멸과 화산파의 피해를 가감 없이 있는 그대로 알려 주었다.

그리고 또 알려 주었다.

"종남파를 습격한 무리와 화산파를 습격한 무리는 서로 다른 세력이었습니다. 종남파는 마교삼전의 하나인 독왕전의 고수에게 당했고, 화산파를 기습한 무리는 유명전의 자객으로 확인되었습니다."

"음!"

좌중에 침음이 난무했다.

역시나 침음을 흘린 당가휘가 다시 물었다.

"그렇다는 것은, 천사교만이 아니라 다른 마교의 세력도 이미 다수가 중원 깊숙이 침투해서 거점을 마련하고 있는 것으로 봐야 하는 것 아니오?"

설무백은 가만히 고개를 저으며 대답했다.

"그렇게도 볼 수 있습니다만, 저는 아직 그 정도까지는 아니라 보고 있습니다."

당가휘가 그냥 넘어가지 않고 집요하게 물었다.

"그렇게 생각하는 이유가 있소?"

설무백은 자못 신중하게 자신의 의견을 피력했다.

"제가 얻은 정보에 의하면 마교의 세력들은 내부의 알력과 별개로 그들만의 어떤 율법에 따라 중원 입성에 제약을 받고 있습니다. 천사교가 중원에서 활개를 치는 내내 그들에 속한 여타 다른 세력들이 잠잠했던 이유가 그 때문이지요. 해서, 저는 이번의 사태를 저들의 알력에 얽힌 일종의 힘자랑이 아닌가 싶습니다."

"고작 힘자랑에 종남파가 무너지고, 화산파가 막대한 피해를 봤다는 것이오?"

"자랑이 아닙니까. 그만큼 강한 자들을 투입했을 테지요."

설무백은 이 대목에서 그는 혈뇌사야가 이끄는 소수 정예인 혈가에게 막대한 피해를 받은 천사교의 상황을 밝히려다가 그만두었다.

그러면 괜히 혈뇌사야의 존재가 부각되는 데다가, 다른 한편으로 아직 천사교의 세력이 남아 있는 이상, 자칫 괜한 얘기가 되거나 오해를 부를 수도 있었다.

또한 그런 의미에서 흑도천상회를 주도하는 사도진악의 본색에 대해서도 밝히기 꺼려졌으나, 이는 전혀 다른 차원의 문제라는 생각이 들었다.

사도진악이 주도하는 흑도천상회는 엄연히 중원무림의 세력이라 언제든지 뒤를 당할 수도 있었다.

다른 오해를 부르는 한이 있더라도 밝히고 넘어가는 것이 좋았다.

"그리고 내친김에 한 말씀 더 드리자면, 흑도천상회를 주도하고 있는 쾌활림과 그 주인인 사도진악을 유념해 보시길 바랍니다."

"갑자기 그자는 또 왜……?"

"저는 그자가 마교와 내통하는 중원의 세력으로 보고 있습니다."

과연 장내가 소리 없이 술렁이는 가운데, 당가휘가 안색이 변해서 말했다.

"사도진악이 비록 모질고 독하기로 유명하긴 하나, 엄연히 대협 소리를 듣는 흑도의 거목이오. 그런 그가 중원을 노리는 마교와 내통하고 있다니, 그건 자칫 중원무림의 분란을 조장할 수 있는 말이라, 분명한 이유가 필요할 것 같소."

"증거는 없습니다. 그저 저의 심증뿐입니다. 그래서 제가 그리 보고 있으니, 앞으로 유념해 보시라고 말씀드린 겁니다."

설무백은 적잖게 혼란스러운 눈빛인 당가휘와 심히 소리 없이 어수선해진 장내의 분위기를 느끼며 어쩔 수 없이 들추기 싫은 지난 일들을 들춰내서 강변했다.

"외람된 말씀일지 모르나, 태산북두 소림과 무당에도 마교의 간세가 침투해 있었습니다. 이는 제가 직접 목도한 일이니, 확실하게 말씀드릴 수 있습니다. 하물며 여기 계신 분들도 익히 잘 아시다시피 무림맹에도 마교의 간세가 잠입해 있었지요. 하다못해 황궁도 그랬습니다. 저는 다른 구대문파나 무림세가를 포함한 여타 방파에도 마교의 간세가 깊숙이 침투해 있을 거라고 믿어 의심치 않고 있습니다!"

"음!"

당가휘가 새삼 묵직한 침음을 흘렸다.

소리 없이 산란하던 장내의 분위기가 한층 더 어수선해졌다.

경악과 불신에 잠식된 장내의 공기가 팽팽해지고 무거워져서 긴장을 부르고 있었다.

그러나 이제 설무백은 더 이상 해 줄 얘기가 없었다.

그는 정중히 공수하는 것으로 물러나기를 희망하며 당부했다.

"의심은 나쁜 것이지만, 맹신보다는 백 배, 천 배 낫다고 생각합니다. 유념해 주시길 바랍니다. 그럼 저는 이만⋯⋯!"

다들 심경이 복잡해져서인지 누구도 자리를 떠나려는 그를 잡지 않고 순순히 작별을 고했다.

와중에 당가천과 월정이 조용히 나서서 당가타의 어귀까지 그를 배웅했을 뿐이었다.

설무백은 익히 예상한 바대로 거기서 다시 청운적비 기소무를 만났다.

호사다마好事多魔 (1)

"뭐야? 왜 이렇게 늦은 거야 지루하게시리."

새도 넘기 힘든 사천촉도(四川蜀道)라는 말이 있다.

사천 지방은 어디를 가든 하늘과 맞닿은 산으로 둘러싸여 있는 것인데, 당가타를 벗어나서 십여 리가량 지난 다음이었다.

관도를 벗어나서 저 멀리 자리한 촉도(蜀道)가 가물가물 눈에 들어오는 산길이었다.

무성한 풀숲으로 이루어진 비탈길에 박힌 바위에 앉아 있다가 설무백을 보고 일어나는 기소무는 보란 듯이 짜증을 부리고 있었다.

모르는 사람이 봤다면 사전에 만나기로 약속을 해 두었는데 설무백이 늦었다고 생각할 것이다.

설무백은 절로 눈살을 찌푸렸다.

기소무가 그냥 넘어가지 않을 것이라는 사실은 이미 예상했기에 이제나저제나 하며 기다린 상황이라 놀랄 것도, 당황할 것도 없지만, 기소무의 곁에 다른 사람도 있다는 것은 이채로운 일이었다.

기소무는 혼자가 아니라 송풍검객 채곤을 비롯한 네 명의 청성문인과 함께였다.

"어째 예상한 것보다 더 최악이냐 그래?"

설무백은 혀를 차며 사뭇 질책이 담긴 눈빛으로 채곤을 바라보았다. 그의 시선을 마주한 채곤이 변명처럼 말했다.

"본인인 그저 만일의 사태를 위해 나섰을 뿐이오."

"만일의 사태……?"

설무백이 고개를 갸웃하자, 기소무가 앞으로 나서며 채곤의 대답을 가로챘다.

"일종의 심판이라는 거지. 내가 명성이 자자하다는 너에게 한 수 가르침을 받으려고 하는데, 괜히 날파리들이 끼어들면 곤란하잖아."

혈뇌사야와 공야무륵을 두고 하는 말이었다.

불손함이 가득한 말이고, 무례의 차원을 넘어선 행동이었다. 당연하게도 혈뇌사야와 공야무륵이 참고 넘길 리 없었다.

"흐흐, 정도의 길이라는 건 정말 쉽지 않군요. 대가리에 쇠똥도 안 벗겨진 저따위 핏덩이의 투정도 받아 주어야 하니 말입니다."

혈뇌사야의 투덜거림이 끝나기도 전에 싸늘해진 공야무륵이 도끼를 뽑아 들며 물었다.

"죽일까요?"

설무백은 슬쩍 손을 들어서 그들을 말리며 앞으로 나선 기소무가 아니라 그 뒤에 서 있는 채곤을 바라보며 말했다.

"당신이 더 문제야. 어린애가 젊은 혈기에 천지를 분간하지 못하고 설치면 당신이 바로잡아 줘야지. 내가 보기엔 주선보, 주 노야께서 그러라고 당신을 저 녀석 곁에 붙여 준 것 같은데, 당신마저 덩달아서 놀아나면 어쩌자는 거야?"

채곤의 낯빛이 잘 익은 홍시처럼 변했다.

설무백이 제대로 그의 정곡을 찌른 것이다.

기소무의 얼굴도 그랬다. 아니, 그의 얼굴은 그보다 새빨갛게 달아올라서 썩은 대춧빛으로 물들어 있었다.

상상할 수 없는 모욕을 당해서 극도의 분노가 일어난 것이다.

"이런 미친놈! 네가 권주를 마다하고 벌주를 받으려고 악을 쓰는구나!"

기소무의 손에는 어느새 뽑아 든 한 자루 검이 빛을 발하고 있었다.

그때 어디선가 낭랑한 목소리가 들려왔다.

"한 수 가르침을 받겠다는 분이 생사대적을 마주한 것처럼 권주니 벌주니를 따지는 것은 옳지 않지요."

설무백 등의 뒤쪽이었다.

숲이 우거진 길목에서 일남일녀, 두 사람이 모습을 드러내고 있었다.

놀랍게도 그들은 앞서 설무백 등을 당가타의 초입까지 배웅한 당문독룡 당가천과 아미파의 월정이었다.

기소무가 크게 당황한 모습으로 굳어졌다.

채곤을 비롯한 청성파의 제자들도 당황해서 어쩔 줄 모르고 있었다.

그러나 설무백을 비롯한 혈뇌사야와 공야무륵은 태연했다. 그들은 무슨 이유에서인지 모르게 당가천과 월정이 조심스럽게 뒤를 따르고 있다는 사실을 익히 알고 있었기 때문이다.

당가천이 설무백을 향해 공수했다.

"기 소협의 혈기방장함은 익히 정평이 나 있소. 혹시 몰라서 뒤를 따랐으니, 이해해 주시오."

설무백은 특유의 미온한 미소를 지으며 어깨를 으쓱였다.

"덕분에 한목숨 건졌네."

그리고 슬쩍 기소무를 보았다.

그의 목숨이라는 의미였다.

기소무가 붉으락푸르락하는 얼굴로 그들을 노려보며 으르렁거렸다.

"함부로 지껄이는군! 여기가 아무리 당문의 영역이라도 내

개인적인 용무까지 밝힐 의무는 없으니, 쓸데없는 참견 말고 구경이나 해라!"

도둑이 제 발 저려서 하는 말처럼 들렸다.

불같이 화를 내고 있기는 하나, 못내 당가천의 개입을 꺼리는 눈치가 엿보였다.

당가천이 태연하게 웃으며 대꾸했다.

"안 그래도 그럴 참이니, 걱정하지 마시오. 바라기야 기 소협이 이쯤에서 정중히 사과하고 물러났으면 하지만, 기 소협이 그럴 성품이 아니라는 것을 잘 알고 있소. 다만 한마디 충고하는데, 전력을 다하길 바라오. 내가 아는 설 소협은 상대가 누구고, 어떤 배경을 가지고 있어도 하찮은 인물이라고 생각되면 가차 없이 살수를 펼칠 인물이니 말이오."

기소무가 코웃음을 쳤다.

"마치 싸워 본 것처럼 말하는군!"

당가천이 실소하며 대꾸했다.

"눈치가 없구려. 지난번 독선지회에서 당문의 대표가 본인이었고, 오독문의 대표가 설 소협이었소. 물론 그때도 직접 손 속을 나누지는 않았지만, 그 직전까지 가 봐서 하는 말이오. 나도 상대가 아님을 깨닫고 패배를 자인했으니, 기 소협 역시 부족하다고 보는 거요."

기소무의 눈빛에 당황이 서렸다.

앞서 대청에서 독선지회에 대한 언급이 잠깐 있었지만, 그

당사자들이 당가천과 설무백이라고는 전혀 생각하지 못한 것이다.

그러나 기호지세였다.

이제 와서 고개를 숙이고 물러난다면 그는 물론이거니와 대청성파의 명예에 똥칠를 하는 격이었다.

"흥! 지레 겁먹고 싸움을 포기했다는 소리군! 나는 다를 테니, 지켜보시라!"

당가천은 기소무의 코웃음을 대수롭지 않게 무시하며 설무백을 향해 정중히 공수했다.

"청성파는 작금의 사천을 지탱하는 세발솥의 한 다리와 같소. 부디 손 속에 사정을 둬서 목숨을 해하는 일은 없기를 바라오."

"끝까지 개소리를……!"

설무백이 뭐라고 대답하기도 전에 눈이 돌아간 기소무가 검을 뽑아 들고 설무백의 면전으로 성큼 나서며 외쳤다.

"헛소리 말고, 어서 기회를 줄 때 병기를 뽑아라!"

설무백은 웃었다. 비웃음이었다.

고양이가 제아무리 포효해도 사자에겐 그저 우는 소리로 밖에는 들리지 않는 것이다.

"너는 아이가 작대기를 들고 핏대를 올린다고 몽둥이를 쳐들 것이냐? 까불지 말고 나중에 울지나 마라!"

기소무의 눈빛에 독기가 서렸다.

그는 독살스러운 기운을 온몸으로 뿜어내며 이를 갈았다.

"네가 자처한 것이니, 내 손 속이 독하다 원망하지 마라!"

말보다 빨리 뻗어진 기소무의 검극이 공간을 압축하듯 지워버리며 설무백의 가슴을 찔렀다.

적어도 그의 눈에는 그렇게 보였다.

그러나 설무백은 벌써 그 자리에 없었다.

기소무가 뻗어 낸 검극은 이미 사라진 그의 잔영을 관통했을 뿐이었다.

"헉!"

기소무는 기겁하고 돌아서며 검을 휘둘렀다.

설무백이 어느새 자신의 뒤로 돌아가 있음을 느낀 까닭이었다. 그도 그 정도는 되는 고수였다.

그래서 더욱 우스운 꼴이 되었다.

설무백이 저만치 떨어져서 물끄러미 그를 지켜보고 있었다. 그는 지레 겁먹고 허둥지둥거린 셈이었다.

"감히 잘난 신법 하나 믿고 나를 놀려……!"

기소무는 빠드득 소리가 나도록 이를 갈며 전신의 공력을 끌어올렸다. 그 순간, 살기가 비등했다.

"간다."

설무백이 경고부터 하고 나서 쇄도했다.

그의 손에는 요술처럼 나타난 환검 백아의 서슬이 얼음처럼 투명한 빛을 발하고 있었다.

"헉!"

기소무는 가슴에 격통을 느끼며 뒷걸음질했다.

그로서는 막을 수도, 피할 수도 없는 검격이었다.

설무백의 손에 거짓말처럼 검이 들리는 것은 봤는데, 그 이후부터는 아무것도 볼 수가 없었다.

실로 상상을 초월하는 속도라 반사적으로 검을 쳐들긴 했으나, 설무백의 검극이 이미 그의 가슴을 찌르고 돌아간 다음이었다.

설무백은 그 자리에 서서 수중의 검을 허공에 휘두르는 것으로 검극에 묻은 피를 털어 냈다.

그리고 검극을 돌려서 기소무를 가리키며 말했다.

"다시 간다."

"익!"

기소무는 이를 악물며 검을 휘둘렀다.

다가드는 검을 보고 반응한 것이 아니라 그저 본능적으로 휘두른 것이었다.

그처럼 그의 눈에는 설무백의 검극이 전혀 보이지 않았다.

푹-!

기소무는 다시금 가슴에 격통을 느끼며 비틀거렸다.

쇄도한 검은 그가 검을 휘두르기도 전에 그의 가슴을 찌르고 빠져나갔고, 그 검의 주인인 설무백은 벌써 본래의 자리로 돌아가서 그를 바라보고 있었다.

이번에도 상처는 깊숙하진 않았다.

설무백은 충분히 가슴을 관통할 수 있음에도 그저 아픈 상처만 내고 검을 회수해 갔다.

희롱으로밖에, 그야말로 가지고 논다고밖에 생각할 수 없는 행동이었다.

"크으……!"

기소무는 신음을 삼키며 흔들리는 눈빛으로 설무백을 바라보았다.

그의 눈에 두려움이 차올랐다.

오기조차 일어나지 않았다.

이건 그가 상대할 수 있는 검격이 아니었다.

그가 여태 단 한 번도 본 적이 없는 절정의 쾌검이었다.

분명 경고까지 들었음에도 그는 검극은커녕 설무백의 움직임조차 알아볼 수 없었다.

설무백은 그런 그를 물끄러미 바라보며 재차 경고했다.

"또 간다. 이번에는 연속으로 갈 테니, 어디 한번 잘 막아 봐라."

"익!"

기소무는 거듭 이를 악물며 수중의 검을 휘둘렀다.

청성파의 제일고수이자, 삼신의 하나인 청성신기 주선보의 의발전인으로서 청성파의 비전제일인 청운적하검(靑雲赤霞劍)을 칠성에 달하도록 익힌 그였으나, 경악과 불신, 공포에 젖어서 이성을 잃은 그의 검법은 어디서 한 수 주워 배운 삼류 파락호보다도 못하게 마구잡이로 휘둘러지고 있었다.

그러나 그만이 아니라 장내에 있는 그 누구의 눈에도 제대로 보이지 않는 설무백의 검은 가차 없이 그의 가슴을 찌르고 빠져나가서 목과 옆구리, 허벅지를 스치며 피를 뽑아내고 돌아갔다.

이번에도 역시 기소무는 막거나 피하기는커녕 전혀 보지도 못했다.

피가 튀며 고통이 스며드는 순간에 저편에 우두커니 서서 지켜보는 설무백의 모습만이 그의 눈에 들어왔을 뿐이었다.

기소무는 고통에 눌려서 한무릎을 꿇으며 공포에 질린 눈빛으로 설무백을 바라보았다.

절로 이가 덜덜 떨리고 있었다.

세상천지 그 어떤 무공도 냉정을 잃지 않고 평정을 유지하며 그간 갈고닦은 실력을 발휘한다면 절대 이기지 못할 무공은 없다는 것이 평소 그의 자부심이었다.

그런데 이건 아니었다.

빠르다고 해서 강한 것도 아니고, 강하다고 해서 무조건 이기는 것도 아닌 싸움의 진리를 익히 잘 알고 있는 그였으나, 상대 설무백은 정말 차원이 달랐다.

인간이 아니라 괴물이었다.

이 순간 그는 우물 안 개구리처럼 되바라진 호승심에 빠져서 설무백을 도발한 자신을 저주했다.

그런 그의 심정을 아는지 모르는지, 설무백이 수중의 검극을 쳐들며 무심하게 말했다.

"자, 다시 또 간다. 이번에는 팔을 하나 자를 거다. 당 씨 친구도 널 해치지 말라고 부탁했을 뿐, 다른 얘기는 하지 않았으니, 그 정도는 상관없겠지."

기소무의 낯빛이 새파랗게 질려 버렸다.

무사에게, 그것도 검객에게 팔은 목숨보다 더 중했다.

이건 차라리 사형선고보다 더한 경고인 것이다.

"……!"

기소무가 너무 놀라서 입을 떼지도 못하는 그때, 물러나 있던 채곤이 다급하게 나섰다.

"서, 설 소협!"

공야무륵이 어느새 쌍도끼를 뽑아 든 채 채곤의 앞을 막아섰다.

"명색에 정파의 명숙이 창피하게 아직 승패가 나지 않은 싸움에 끼어들 참인가?"

채곤이 무지막지한 공야무륵의 기세와 살기 앞에서 움찔하며 멈추었다.

하지만 동문을 생각하는 마음이 공야무륵의 위협보다 강했는지 그대로 가만히 있지 않고 검을 뽑아 들며 소리쳤다.

"진정 청성파와 척질 생각이오!"

설무백은 슬쩍 채곤을 돌아보며 물었다.

"내가 그걸 두려워할 사람으로 보이나?"

채곤이 흠칫하며 마른침을 삼켰다.

그의 눈빛이 경악에서 공포로, 공포에서 다시 원한으로 진행되어 결국 체념으로 귀결되고 있었다.

아무리 봐도 설무백은 그 어떤 위협이나 협박에 굴복할 사람으로 보이지 않는 것이다.

그때 당가천이 나서며 설무백을 향해 불쑥 물었다.

"방금 저를 두고 친구라고 했지요?"

설무백은 당가천의 시선을 마주했다.

어째 멋쩍어서 대충 얼버무릴 참인데, 당가천이 먼저 다시 말했다.

"친구로서 하나만 부탁합시다. 검객에게 팔이 목숨과 같다는 것은 설 소협도 잘 알지 않소. 하물며 무사는 모욕을 받을 바에야 차라리 죽는다는 말도 있는데, 이 정도면 죽음까지는 아니어도 그 가까이는 간 것으로 보이니, 그만 멈춰 주시오."

설무백은 슬쩍 기소무를 일별하며 대구했다.

"쟤는 아직 더할 마음이 있는 것 같은데?"

당가천을 장내의 시선이 일제히 기소무에게 쏠렸다.

기소무가 그 순간에 정신을 차리며 고개를 숙이고 패배를 자인했다.

"내가 졌소!"

기소무가 고개를 숙이며 패배를 자인하기 전에 설무백은 그의 눈빛에서 공포를 넘어서는 체념과 절망을 보았다.

하지만 그 어디에도 속죄의 빛은 보이지 않았다.

자신의 과오를 진심으로 인정하는 것이 아니라 그저 이 자리를 벗어나려는 기만이 그의 정신을 지배하고 있다는 느낌이었다.

이대로 좋은가?

실로 좋지 않았다.

이대로 넘기면 기소무는 자신의 과오를 반성하고 탈바꿈하기보다는 비참한 패배의 아픔을 지금보다 더한 분노로 승화시켜서 더한 악업을 쌓을 것이 자명했다.

'어설픈 혈기로 건방을 떠는 지금과 달리 보다 더 치밀해지고, 더 악랄해지겠지.'

설무백은 잠시 고민했다.

과거의 그였다면 앞뒤 안 가리고 가차 없이 죽였을 것이다.

일단 손을 쓰기로 작정하면 악독하게, 철저히 끝을 봐야 하는 것이 흑도에서 살아남는 길이라는 전생의 기억을 온전히 가지고 있기 때문이다.

그러나 지금의 그는 생각이 많았다.

적어도 한 번은 더 기회를 주고 싶었다.

아무리 사람은 고쳐 쓰는 것이 아니라는 말이 있지만, 전생과 달리 이생의 그는 그 정도의 배포와 아량을 가지고 있었다.

억만금을 가진 부호가 은자 몇 냥을 아까워하지 않는 것이 당연하듯 지금의 그는 삼신의 제자이며 청성파의 신성인 기소무의 원한조차도 가볍게 취급해 버릴 수 있을 정도의 거인으로 변모해 있는 것이다.

설무백은 그런 생각으로 기소무의 면전에 다가가서 무심하게 말했다.

"공포를 극복하려면 두 가지 감정 중 하나가 필요하다. 비겁해지거나 용기를 내는 거다. 나는 네가 용기를 내길 바란다. 그게 아니라면 다음에 나를 만났을 때 너는 틀림없이 죽을 거다."

기소무는 슬며시 고개를 들고 설무백을 바라보았다.

그리고 하늘을 등지고 빛나는 은발 아래 깊이를 알 수 없는 호랑이 눈을 보았다.

분노하지 않아도 위엄을 드러내는 험산준령처럼 삼엄한 기상이 담긴 눈빛이었다.

그는 도무지 감당할 수 없어서 다시 고개를 숙이며 떨어지지 않는 입술을 애써 열어서 대답했다.

"뼈에 새기겠소!"

설무백은 그제야 피식 웃으며 말했다.

"그렇다면 도전을 기다리도록 하지."

기소무가 적이 놀란 눈치로 번쩍 고개를 들어서 설무백을 바라보았다.

설무백은 이미 돌아선 후였다.

혹시나 했는지 불안한 눈초리로 지켜보던 당가천이 그런 그에게 다가와서 정중히 포권의 예를 취했다.

"고맙소."

그리고 덧붙여 말했다.

"더불어 내 도전도 기다려 주면 고맙겠소."

"뭐, 그러든지."

설무백은 웃는 낯으로 어깨를 으쓱하며 대꾸하고 돌아서다가 이내 고개를 돌려서 월정을 향해 말했다.

"당신에게도 기회를 주도록 하지. 예전부터 아미파의 사대고수인 일월성신의 무위에 관심이 아주 지대했거든."

월정이 쓰게 웃으며 대답했다.

"그런 일은 없을 겁니다. 제 주제는 제가 잘 압니다. 저는 희사매조차 넘어서지 못한 위인입니다."

설무백은 대수롭지 않게 대꾸했다.

"넘어설 거야."

"⋯⋯?"

월정이 어리둥절해진 눈빛으로 설무백을 바라보았다.

설무백은 그저 웃으며 돌아서서 저 멀리 보이는 촉도를 향해 발길을 재촉했다.

내내 장승처럼 무심하게 서 있던 철면신이 그림자처럼 그 뒤에 붙고, 공야무륵과 철면신이 묵묵히 그 뒤를 따라갔다.

기소무가 멀어지는 그들을 망연히 바라보며 중얼거렸다.

"도전을 기다리겠다고……?"

그는 이내 혀를 찼다.

"쳇!"

당가천이 불안하고 거북해진 눈빛으로 그를 바라보았다.

하지만 기소무의 마음은 그의 우려와 달랐다.

도전이든 보복이든 가능한 상대가 있고 가능하지 않은 상대가 있는 법이었다.

"계란으로 바위를 깨 보라고? 날 바보로 아나?"

못내 불안해하던 당가천의 눈빛이 이 한마디로 풀어져서 머쓱해진 모습으로 월정을 보았다.

그제야 그는 알았다.

월정은 애초에 기소무의 반응에 전혀 신경 쓰지 않고 있었다.

복잡한 감정으로 일그러진 그녀의 시선은 내내 멀어지는 설무백에게 고정되어 있었다.

그 이유가 이내 드러났다.

그녀가 무언가에 홀린 듯한 목소리로 중얼거렸다.

"희 사매를 넘어설 거라고? 내가……?"

호사다마好事多魔 (2)

당가천 등과 헤어진 설무백 일행은 곧바로 북상, 사천촉도를 넘어서 감숙성으로 입성했다.

사흘이 걸렸다.

다른 사람이 들으면 허풍이라고 놀릴 터였다.

하늘과 맞닿은 산길은 무섭게 가파를 뿐만 아니라 무성하게 우거진 수풀로 인해 길이라도 길 같지 않은 험악한 지형의 연속이라 보통 사람의 경우 달포가 걸려도 전혀 이상하지 않았기 때문이다.

그러나 하나같이 초고수의 반열에 들어선 그들에겐 새도 넘기 어렵다는 촉도도 별반 어려운 장애물이 아니었다.

절벽이 나오면 날아오르고, 협곡이 나오면 뛰어서 건너는 것이 그들의 행보였다.

그나마 사흘이 걸린 것도 초반에 설무백이 깊은 상념에 잠겨서 발길을 서두르지 않은 결과였다.

그리고 거기에는 나름의 이유가 있었다.

청운적비 기소무 때문이었다.

다른 사람은 전혀 모르게 내색을 삼갔으나, 기소무를 용인해 준 다음부터 그는 한 가지 의혹에 휩싸였다.

그가 가진 전생의 기억에 기소무가 없다는 사실이 바로 그것이었다.

구대문파의 하나인 청성파의 신성이기 이전에 천하십대고수 중 삼신의 하나인 청성신기 주선보의 의발전인이었다.

의발전인이라 함은 소위 사부가 본신의 절기는 물론, 지위까지 물려주는 제자를 가리켰다.

대장로의 지위를 가진 송풍검객 채곤이 기소무의 눈치를 봤던 이유가 거기에 있었다.

낭중지추(囊中之錐)라고, 그 정도씩이나 되는 위인이 그의 기억에 없다는 것은 참으로 난감한 일이 아닐 수 없었다.

그럴 수밖에 없는 이유가 정해져 있어서 더욱 그랬다.

전생의 기소무는 지금과 같은 명성을 얻기도 전에 이미 죽었다.

결국 작금의 기소무는 환생한 그의 개입으로 어긋한 역사의 소산이라는 결론이 된다.

그 때문이었다.

설무백은 아무래 생각해도 더 이상 자신이 개입할 여지는 없다는, 이미 충분히 개입했다는 결론을 도출하는 데 적잖은 시간이 필요해서 초반의 행보가 늦어진 것이다.

그런데 사천촉도를 넘어서 감숙성으로 들어선 설무백 등의 행보는 다시금 늦어질 수밖에 없었다.

사천성의 북부와 감숙성의 남부에 걸쳐 광범위하게 자리한 공동산이 본산인 공동파가 그들을 찾아왔기 때문이다.

"설무백, 설 대협이시오?"

공동산의 치맛자락을 타고 우회하긴 했으나, 지리적으로 어쩔 수 없이 공동파의 텃밭이랄 수 있는 감숙성 최남단의 도시 탕창부(宕昌府)의 외곽을 거치는 길이었다.

잿빛도복의 가슴에 복마(伏魔)라는 글귀를 수놓아서 공동파의 제자임을 드러낸 일단의 도사들 중 수뇌로 보이는 중년 도사 하나가 다가오며 묻고 있었다.

설무백은 애초에 피하려고 생각했으면 얼마든지 피할 수 있었지만, 굳이 길목을 지키고 있는 자들까지 피해서 가고 싶은 마음은 들지 않아서 그냥 가던 길이라 순순히 인정했다.

"그렇소만?"

중년 도사가 반색하며 말했다.

"환영하오. 본인은 공동파의 광운(光雲)이라고 하오. 설 대협의 위명을 익히 듣고 있었던바, 이렇게 직접 뵙게 되어 실로 영광이외다. 장문인께서 기다리고 계시니, 어서 가시지요?"

설무백은 어리둥절했다.

조금 놀라기도 했다.

광운자라면 장문인인 광운자와 같은 항렬의 제자로, 공동파의 장로급이었다.

'이렇게 젊은 도사가……?'

그는 나름 예의를 갖추어서 말했다.

"무언가 오해를 한 모양이군요. 저는 지금 공동파로 가는 길이 아닙니다."

'빛나는 구름'이라는 이름과 어울리지 않게 수더분한 얼굴을 광운자가 사람 좋아 보이는 미소를 지으며 말했다.

"그야 모르는 바가 아니오만, 무릇 목적지가 아니고 그저 여행 중에 지나가시는 길이라도 타지에서 오신 무림인을 그 지역의 명숙이 초대하여 대접하고 편의를 봐 드리는 것은 불문율로 전해지는 무림의 예의요, 전통이 아니오. 그러니 몰랐으면 모르되 설 대협께서 이곳을 거치신다는 것을 안 이상, 어찌 초대하지 않을 수 있겠소이까."

그는 말미에 하하 호통하게 웃고는 사뭇 단호하게 말을 덧붙였다.

"대협을 그냥 보내 드렸다가 언제고 나중에라도 그 사실이 드러나면 우리 공동파가 손님 대접을 등한시했다고 심히 비난을 듣게 될 테니, 너그럽게 사정을 좀 봐주시오."

천외천의
주인

설무백은 내심 고소를 금치 못했다.

그로서는 납득하기 어려운 이유였다.

그는 그간 자신이 한 번도 그런 불문율을 지킨 적이 없다는 것은 고사하고, 요즘 같은 시국에 그런 것을 지킬 만큼 고상한 문파나 명숙이 있을 리 없다는 것을 상기하며 대꾸했다.

"내가 궁금한 건 이거요. 내가 이곳을 지나간다는 것을 어떻게 알았소?"

광운자가 실로 난처한 심정을 굳이 감추지 않은 표정으로 어색하게 웃으며 대답했다.

"구대문파는 서로 다른 길을 가지만 가는 방향은 같지요. 그래서 서로에게 도움이 되는 일이라면 굳이 감추거나 하지 않소이다."

아미파나 청성파에서 연락을 받았다는 뜻이었다.

그것도 사천당문에 있는 그들 중의 누군가가 연락을 해 준 것이다.

"다만 이렇게 빨리 오실 줄은 몰라서 정말 놀랐소. 조금이라도 늦장을 부렸으면 뵙지도 못할 뻔하질 않았소. 하하하……!"

설무백은 적잖게 난감했다.

예의니 뭐니 하는 강호의 불문율 따위는 안중에도 없었다.

그따위를 지켜봤자 돌아오는 건 온갖 귀찮은 일들뿐일 터였다.

상대가 공동파라서 더욱 그럴 수밖에 없었다.

공동파와 그는 예전부터 얽힌 것이 많은 사이인 것이다.

강호무림의 예의 운운하며 대접이라고 하지만 결국은 어떤 식으로든 지난 일들을 정리하려고 나선 올가미가 분명했다.

설령 그게 아니라 순수한 마음으로 나선 것이 사실이라고 해도 결국은 그렇게 변질될 것이다.

명예와 자존심으로 똘똘 뭉친 구대문파의 융통성 없는 고지식함을 그보다 잘 아는 사람도 드문 것이다.

그러나 이대로 그냥 무시하고 내치는 것도 바로 그들의 그와 같은 성질머리 때문에 문제다.

하물며 성격상 문파의 속내를 떠나서 솔직담백하게 나오는 광운자의 진심과 성의를 외면하는 것도 불편하다.

설무백은 고심 끝에 마음을 정하며 말했다.

"하나만 약속해 주면 가겠소."

웃음을 그친 광운자가 멀뚱거리는 눈으로 바라보며 물었다.

"어떤 약속인지……?"

설무백은 단호하게 말했다.

"돌아가고 싶을 때는 언제든지 돌아갈 테니, 그걸 가지고 비례다 뭐다 하지 않기로 합시다. 내가 하는 일 없이 바쁜 몸이라 그런 것이니, 그게 곤란하다면 여기서 그냥 헤어집시다."

광운자가 호탕하게 하하 웃고는 가슴을 치며 장담했다.

"그게 무에 그리 어려운 일이라고 약속하지 못하겠소. 약속할 테니, 어서 가십시다."

설무백은 그렇게 발길을 돌려서 공동파로 갔다. 그리고 익히 예상하고 우려한 대로 명예를 중히 여기며 자존심으로 똘똘 뭉친 명문 정파의 진가를 마주하게 되었다.

공동파의 본산은 숲이 우거지기 시작하는 공동산의 동편 기슭에 자리하고 있었다.

뒤로는 험준한 산과 절벽이 병풍처럼 둘러 있고, 주변으로는 거대한 나무들이 천연의 벽을 이루는 가운데, 바위들을 쌓아서 만든 대문이 이채로웠다.

다만 대문을 통과한 이후부터는 설무백이 방문을 통해 익히 잘 아는 소림사나 무당파와 같은 구조였다.

자연의 풍광을 해치지 않는 범위에서 길을 놓았고, 그 길을 따라 좌우로 드문드문 세워진 몇 채의 전각을 지나자 산을 파서 만든 광장이 나타났다.

그 광장 끝에 도관의 중심이 되는 옥황전(玉皇殿)이 자리하고 있었다.

불가의 사찰에서 중심이 되는 대웅전(大雄殿)이 갖는 위치였다.

무릇 어느 종파든 지리적인 상황에 따라 영내의 구조가 달라질 수도 있으나, 기본적으로 교리에 따라 그 종파에서 가장 신봉하는 신을 모시는 전각이 영내의 전방인 곳의 중심을 차지하며, 누구든 영내로 들어온 사람들은 그 전각을 거쳐서 다른 신을 모신 전각으로 가게 되어 있는 것이 모든 종파의 기본이 되는 영내의 구조다.

 그리고 통상 그 전각의 앞에는 그 사찰이나 도관에서 가장 넓은 마당을 꾸며 놓는데, 이는 바로 제례(祭禮) 등 의식을 위한 공간이었다.

 물론 공동파는 무당파와 마찬가지로 도관이자, 무가이기에 무공을 수련하는 연무장으로도 쓰이는 마당일 것이다.

 바로 그 공간, 옥황전을 마주 보며 드넓게 자리한 마당에서였다.

 설무백은 아무래도 말썽을 피할 수 없을 것 같다는 기분에 사로잡혔다.

 그럴 수밖에 없는 것이, 마당에는 수백 명에 달하는 공동파의 제자들이 질서 정연하게 도열해 있었다.

 연무를 위해서 모인 것이 아니었다.

 아무리 봐도 의도적으로 집결해 놓은 것이었다.

 공동파의 제자들은 중앙을 비우고 좌측과 우측에 도열한 상태로 옥황전과 이어지는 통로를 만들어 놓았고, 그 끝인 옥황전 앞에는 십여 명의 노도사들이 서 있었다.

 옥황전 앞의 노도사들은 공동파를 움직이는 요인들이었다.

 다른 건 차치하고, 그 무리에 그도 익히 잘 아는 공동파의 장로인 현천상인이 속해 있어서 쉽게 알 수 있었다.

 '위세를 보이려는 건가?'

 그렇게 단순한 이유도 아닌 것 같았다.

손님을 맞이하는 환영으로 느껴지지 않았다.

고요한 침묵 속에 장내를 잠식한 기류는 실로 삼엄해서 조금 과하게 평가하면 손님이 아니라 적의 사자를 맞이하는 군영의 모습과 다르지 않다는 기분이 들었다.

속이 거북해지고 얼굴의 이곳저곳이 자꾸 간지러운 것은 아마도 그 때문일 것이다.

'그런데 왜 광진자가 보이지 않지?'

공동파의 장문인 광진자는 지난날 함정이었던 마황동이 무너졌을 때 일행과 헤어지지는 바람에 다들 죽었다고 생각했지만, 다행히 죽지 않았다.

무사히 그 자리를 벗어나서 공동파의 본산으로 돌아갔다는 전갈이 나중에 무림맹으로 전해졌다.

물론 추론컨대 온전하진 않았을 것이다.

명문 정파의 자존심 때문에 그런 전갈을 보냈을 뿐, 상당한 상처를 입었을 것이 자명했다.

정말 그랬다면 무림맹이 아니라 자파로 돌아갈 이유가 없었다.

다만 죽지 않고 살아서 돌아간 것은 산 것은 분명할 텐데, 지금 이 자리에 보이지 않았다.

어쩌면 그게 지금의 자리가 마련된 이유일지도 모른다.

"가십시다."

광운자가 못내 머쓱해진 표정으로 앞으로 손을 뻗으며 재촉했다.

설무백은 애써 불쾌함을 누르며 광운자의 뒤를 따라서 공동의 제자들이 만든 대열 사이를 걸어갔다.

철면신은 늘 그렇듯 아무런 감정 없이, 공야무륵은 애써 태연하게, 혈뇌사야는 무언가 사고가 일어나기를 기대하는 눈빛으로 자못 음흉한 미소를 지으며 그의 뒤를 따랐다.

정면의 옥황전 앞에서 기다리던 무리의 선두에 서 있던 장신의 노도사 하나가 계단을 밟고 내려와서 놀랄 만한 얘기로 설무백을 맞이했다.

"어서 오시오, 설 대협. 빈도가 부족하나마 공동파를 이끌게 된 광천(光天)이오."

설무백은 못내 커진 눈으로 놀라움을 드러냈다.

아무런 정보도, 소문도 듣지 못했는데, 공동파의 장문인이 바뀐 것이다.

"설무백입니다."

설무백은 애써 평정을 되찾고 공수하며 새삼스러운 눈빛으로 상대 광천자를 살펴보았다.

팔 척에 달하는 장신에 어깨도 종처럼 넓은 거구의 노인이었다.

구릿빛 얼굴에 부리부리한 호목과 각진 턱에 삐죽거리는 고슴도치수염이 어울려서 강건하면서도 사나운 호전적인 기상을 풍겼다.

그리고 그에 더해진 문제는 그가 광천자라는 이름을 들어 본 적이 없다는 사실이었다.

이제 역사의 많은 부분이 그가 기억하는 전생의 역사와 다르게 돌아가고 있다는 방증일 것이다.

그는 굳이 속내를 감추지 않고 드러냈다.

"사실 죄송하게도 저는 영전하신 것을 몰랐습니다. 광진자 어른을 뵐 거라 생각하고 왔는데, 그게 아니라 실로 당황스럽 군요."

광천자가 태연하게 대꾸했다.

"광진자 어른께선 귀천하셨소. 다만 천수를 누리지 못하셨기에 장례를 치르지 않아서 공표하지 않았을 뿐이오."

역시나 마왕동의 사건 때 입은 상처가 컸던 모양이었다.

그게 아니라면 광진자가 천수를 누리지 못할 이유가 없었다.

"제가 괜한 얘기를 꺼냈습니다. 죄송합니다."

"아니오. 어차피 다 알게 될 일이 아니겠소. 게다가……."

문득 말꼬리를 늘인 광천자가 사뭇 예리해진 눈빛으로 설무백을 바라보며 말을 이었다.

"설 대협을 초대한 이유가 그 때문이오."

"그 때문이라 하심은……?"

설무백이 고개를 갸웃하자, 광천자가 스스럼없이 바로 말했다.

"광진자 어른의 사인은 마왕동 사건에 입은 상처가 주된 원인이오. 이에 우리 공동파는 그 당시의 적도를 파악하고 있는데, 듣자 하니 마왕동의 사건 때 설 대협의 도움이 컸다고 하더이다. 덕분에 생존한 분들도 계시다는 얘기도 들었고 말이오. 그런데 그 이후에 우리가 입수한 정보에 따르면 그에 반하는 내용이 있어서 말이오."

설무백은 절로 미간을 찌푸렸다.

내심 때아닌 초대와 장내의 분위기가 이 때문이구나 싶었다.

그는 우선 냉정을 유지하며 물었다.

"반하는 내용이라면 어떤 내용을 말하는 겁니까?"

광천자가 말했다.

"누가 그러더이다. 때마침 적시에 거기 나타나서 그렇듯 기민하게 도울 수 있는 사람은 적과 내통한 자이거나 적과 한통속인 자일 가능성이 크다고 말이오."

설무백은 특유의 미온한 미소를 지으며 물었다.

"누가 그러더이까?"

광천자가 본색을 드러내듯 싸늘해진 눈빛으로 변해서 대꾸했다.

"누군지 알아도 별반 도움이 되지 않을 거요. 그는 이미 죽었으니까."

"죽었어요?"

"어제 전달받았소. 그가 죽었다고. 그게 하필이면 심히 공교롭게도 설 대협이 다녀간 다음에 죽었다고 하더이다."

설무백은 한층 더 싸늘해진 광천자의 태도와 눈빛을 인지하며 불길하게도 한 사람의 모습이 뇌리에 떠올랐다.

제갈세가의 가주 제갈현도였다.

그러나 그 이름을 그가 먼저 언급할 수는 없었다.

가뜩이나 오해가 중첩인데 더 큰 오해를 부를 일이었다.

'벌써 사전에 여기저기 작업을 해 놓았다는 건가?'

확실히 제갈현도의 모함이라면 그것 말고는 다른 경우의 수가 없었다. 그리고 제갈현도라면 충분히 그러고도 남을 위인이었다.

설무백은 실로 자신의 상황이 우스워서 본의 아니게 실소했다.

사공명능주생중달(死孔明能走生仲達)이라, 죽은 공명(孔明)이 산 사마중달(司馬仲達)을 쫓는다더니, 지금 그가 딱 그 짝인 것 같았다.

그때 그의 기색을 유심히 살피던 광천자가 이제는 굳이 적의를 숨기지 않는 눈빛으로 바라보며 물었다.

"어째 짐작 가는 사람이 있는 보이는구려."

설무백은 더 이상 예의를 차릴 필요가 없는 상황이라고 생각하며 사무적으로 물었다.

"지금 제갈세가의 가주인 제갈현도를 말하는 거 아닌가요?"

"역시 아는구려."

광천자가 비릿하게 웃으며 인정했다.

"그렇소. 우리에게 그와 같은 사정을 알려 준 사람이 제갈 가주요. 오랜 혼절에서 깨어나자마자 이것부터 알려야겠다는 사명감에 우선적으로 전갈을 보내는 것이며 신신당부하더이다. 귀하를 조심하라고 말이오. 그런데 어제 들었소. 그가 죽었다고. 귀하가 무림맹을 다녀간 다음에 말이오. 혹시 이거 까마귀 날자 배 떨어진 것에 불과한 거요?"

차갑게 변한 목소리는 둘째 치고, 대협이라는 호칭이 귀하라 바뀌었다.

광천자는 이미 제갈현도의 모함에 완전히 넘어가서 설무백을 범인으로 보는 것이다.

설무백은 그사이 대답은 뒤로 미룬 채 다른 생각에 잠겼다.

제갈현도가 이른 일을 꾸몄다면 공동파에게만 그랬을 리 만무했다.

그런데 종남파야 괴멸을 당했으니 따질 것도 없지만, 화산파에서는, 그리고 당문에서 만난 아미파의 금정신니도 이런 내색이 전혀 없었다.

이는 그가 화산파나 아미파와 친분이 있음을 익히 파악하고 걸렀다는 뜻이었다.

그렇다면 소림이나 무당도 제외했을 가능성이 컸다.

하지만 작금의 강호무림에서 그가 친분을 가진 문파는 극히 드물었다.

제갈현도가 손을 뻗친 문파들은 공동파처럼 그를 마교의 하수인으로 보고 있거나, 적어도 의심의 눈초리로 지켜보며 경계할 것이 불을 보듯 뻔했다.

'세 치 혀가 이렇게 무섭군.'

설무백은 이제 그 오해를 풀려면 앞으로 얼마나 많은 시간이 필요할지 몰라서 절로 한숨이 나왔다.

다만 지금 이 자리에서만큼은 오히려 마음이 홀가분해졌다.

문제가 드러났으니, 이제 해결할 일만 남았다.

그리고 그는 어떤 식으로든, 설령 완력일지라도 능히 해결할 자신이 있었다.

지금의 그는 능히 그 정도는 고수였다.

광천자가 그의 한숨을 다른 뜻으로 오해하고 말했다.

"허무하군. 그리 쉽게 인정하다니 말이야."

설무백은 대수롭지 않게 말을 받았다.

"그런 소리는 말지요? 내가 지금 무슨 말을 해도 믿지 않을 거잖아요."

광천자가 적의가 이글거리는 눈빛으로 그를 직시하며 말했다.

"감히 그게 아니라고 부정할 생각인가?"

설무백은 웃었다.

"거봐요. 이미 내가 범인이라고 단정하고 있는 사람에게 무슨 말을 합니까?"

광천자가 추상같이 소리쳤다.

"변명이라도 하라! 대체 무슨 욕심이 그리 많아서 중원무림을 배신하고 그 많은 명숙들을 죽게 한 거냐!"

이젠 반말은 고사하고 대놓고 죄인 취급이었다.

설무백은 보란 듯이 고개를 가로저으며 대꾸했다.

"싫은데요, 변명 같은 거."

그리고 더없이 붉게 달아오르는 광천자의 얼굴을 외면하며 주변을 둘러보았다.

"그러니까, 지금 이게 덫이라는 거네."

그는 이내 광천자에게 시선을 고정하며 재우쳐 물었다.

"너무 졸렬하고 비겁하다는 생각 안 드십니까?"

광천자가 준엄한 호통을 내질렀다.

"불공대천지수요, 강호무림의 대죄인을 처리하는 데, 무슨 수단인들 부리지 못할 것이냐! 네가 정녕 사람의 새끼라면 당장 이 무릎을 꿇고 엎드려 죄를 비는 게 마땅할 것이다!"

설무백은 무심하게 말했다.

"와, 무서워라."

그리고 이내 특유의 미온한 미소를 지으며 말을 덧붙였다.

"이상했지만, 일단 예의상 대접은 받아 주겠다는 생각이었지. 가능한 한 공손하게, 최대한의 예의를 지켜서. 식사이건 술이건 주면 먹고 마시고 진심으로 후의에 감사하며 누구 말마따나 우의까지는 아니라도 나중에 강호에서 만나면 인사 정도는 기꺼이 주고받을 수 있는 사이가 될 수 있도록 말이야. 하다못해 며칠 더 묵어가라면 마음은 간절하나 아쉽게도 할 일 없이 바쁜 몸이라 그냥 떠날 수밖에 없으니, 너그럽게 이해해 달라는 말까지 생각해 두었는데, 대체 이게 뭔지…… 에휴……!"

그는 장황한 말미에 거듭 한숨을 내쉬고는 거짓말처럼 싸늘해져서 재우쳐 말했다.

"어떻게 해 줄까? 아니, 그 전에, 후회하기 없기다? 지금부터 일어나는 모든 사태의 책임은 공동파에 있는 거니까!"

호사다마好事多魔 (3)

설무백은 짐짓 사정없이 냉혹하게 경고하긴 했으나, 내심 망설임이 멈추지는 않았다.

공동파의 위세에 눌려서가 아니었다.

공동파가 아까웠다.

작금의 공동파는 어지러운 난세 속에서도 안전한 성장을 거듭해서 소위 막강한 화력을 보유했다.

공동파는 인정하지 않을지 몰라도, 위로는 풍잔이 막아 주고, 아래로는 당문이 지켜 주는 지리적인 여건의 결과였다.

얼핏 봐도 경지를 이룬 검객이 즐비한 것도, 이미 상당한 세대교체가 이루어진 이유도 그 때문일 것이다.

마교와의 대전에서 단단히 한몫을 할 수 있는 이런 공동파의 저력을 이대로 깎아 내기에는 못내 아깝고, 아쉬운 것이 설무백의 솔직한 심정이었다.

그런데 그와 같은 그의 망설임이 단번에 해소되었다.

공동파로 안내해 주고 내내 그의 지근거리에 서 있던 광운자가 그렇게 해 주었다.

스슥-!

광운자가 순간적으로 움직여서 설무백을 기습했다.

언제 뽑아 들었는지 모르게 그의 손에 들린 공동파 특유의 폭넓은 검극으로 설무백의 옆구리를 찔렀다.

그리고 나가떨어져서 엉덩방아를 찧었다.

혈뇌사야와 공야무륵이 미처 반응하지 못하고 놀라서 굳어진 그 순간, 그들보다 더 놀란 광운자가 엉덩이를 뒤를 끌며 말을 더듬었다.

"어, 어찌 이런……!"

설무백은 실로 불쾌한 표정이 되어서 찢어진 자신의 옆구리 옷깃을 일별했다.

광운자의 검극은 본능보다 빠르게 발동한 그의 호신강기는 뚫었으나, 구철마공을 대성함으로서 극단을 이룬 철마지체인 철마신의 피부에는 흔적조차 남기지 못한 것이다.

"서, 설마 금강불괴라는……!"

그 말을 끝으로 광운자는 피를 뿌리며 나뒹굴어서 길게 누워 버렸다.

순간적으로 움직인 혈뇌사야가 사정없이 그의 얼굴을 걷어 차 버렸기 때문이다.

퍽—!

뒤늦게 울린 둔탁한 소음이 장내를 가로지르는 가운데, 혈 뇌사야가 슬쩍 설무백을 보며 말했다.

"일단 죽이지는 않았습니다."

설무백은 대답 대신 옆구리를 툭툭 털며 중얼거렸다.

"미칠 광(狂)자가 왜 붙었나 했더니만, 이래서 사람은 겪어 봐 야 한다는 거군. 아무려나, 명문 정파도 별거 없네. 말만 번지 르르했지 목적을 위해서는 수단과 방법을 안 가리잖아."

그러고 나서 혈뇌사야의 말에 대답했다.

"이젠 죽여도 돼."

장내는 물이라도 뿌린 것처럼 고요했다.

거기 모인 사람들이 설무백의 나직하지만 단호한 목소리를 듣기에 충분히 들었고, 그에 따른 반응으로 적의를 넘어선 살 기를 드러내고 있었다.

설무백은 더없이 차분했다.

큰일에 직면할수록 냉정해지는 그의 성품이 여실히 드러나 고 있었다.

그는 비등하는 장내의 살기를 웃음으로 받아넘기며 광천자 를 바라보았다.

광천자가 그 순간에 먼저 말문을 열었다.

"변명이 아니라 사실을 말해 주는데, 그건 광운의 독단이었다."

설무백은 태연하게 어깨를 으쓱했다.

"변명이든 아니든 지금 그게 중요한가?"

이유 여하를 막론하고 싸우기로 한 이상, 그는 거칠 것이 없었다.

광천자가 그런 그의 감정을 느낀 듯 정말 놀랍다는 표정을 드러냈다.

"대범함은 실로 인정하지 않을 수 없구나."

설무백은 아랑곳하지 않고 냉정하게 경고했다.

"미리 충고하는데, 내가 지금 몹시 화가 난 상태니까 오늘 이 자리에서 공동파의 명맥을 유지하고 싶으면 지금 당장 나서도 될 자와 나서지 말아야 할 자를 가려 두는 게 좋을 거야."

"실로 광오한 작자로다!"

광천자가 그의 충고를 듣지 않고 추상같이 소리쳤다.

"칠검은 뭐 하고 있는 게냐! 당장에 저자의 무릎을 꿇려라!"

주변에 도열해 있던 공동파의 제자들 중에서 검을 뽑아 든 일곱 명의 도사가 새처럼 날아와서 설무백 등을 포위했다.

구대문파 중에서 따로 오대검파로 나뉘기도 하는 무당파, 화산파, 점창파, 청성파, 공동파 등은 저마다 자파를 대표하는 검객들을 따로 호칭하는 전통이 있는데, 지금 그렇게 공동파를 대표하는 일곱 검객인 공동칠검(崆峒七劍)이 나선 것이다.

이제 와서 명문 정파의 체면이 작용한 것인지 적어도 개떼 처럼 달려들 생각은 없는 모양이었다.

'아직은 그렇겠지!'

설무백은 냉소를 머금었다.

광운자의 암습이 독단이든 아니든 기본적으로 사전에 덫을 놓고 초대한 공동파였다.

여차하면 물불 가리지 않으리라는 것이 그의 판단이었다.

그사이 그들을 포위한 공동칠검이 일정한 간격을 유지한 채 원을 그리며 돌기 시작했다.

공동파의 검법은 예로부터 정파의 검법 중에서 가장 부드러 움을 강조하는 곡선적인 검초가 주를 이루며, 그 백미는 복마 검(伏魔劍)에서 절정검(絕頂劍)으로 이어지고 통천검(通天劍)으로 귀 결되는 무상주천검(無常週天劍)이다.

이는 유(柔)로 강(剛)을 제압한다는 측면에서 무당검법과 일맥 상통하는 부분이 적지 않지만, 무당검법은 우주 만물의 근원이 되는 본체인 태극(太極)을 기반으로 하기에 부드러움보다는 조 화를 우선시하는 데 반해, 공동검법은 부드러움을 중시하되 중 (重)을, 즉 무거움을 강조하기에 일면 같으면서도 전혀 다른 기 풍을 유지하고 발휘한다.

지금 공동칠검이 그런 기세를 발하며 설무백 등을 서서히 무 겁게 압박하고 있었다.

설무백은 태연자약했다.

경지를 이룬 다음부터 그는 그 어떤 상황에서도 태연할 수 있었다.

큰일과 마주치면 오히려 냉정해지는 그의 성격이 곱절로 유연해진 상태였다.

예전의 그는 단지 고강한 내공과 다양한 무공기법으로 적을 쓰러트리는 데 주력하는 바람에 때때로 감정이 앞서서 과하게 손을 쓰기도 했으나, 지금의 그는 달랐다.

지금의 그는 상당한 마음공부를 이룬 도인처럼 어떤 상황에서도 평정을 잃지 않고 감정을 조율할 수 있었다.

무지막지하게 힘으로 밀어붙이는 저급한 싸움이 아니라 적절하게 한 번의 손 속으로 능히 적을 제압하는 싸움을 할 수 있게 되었다.

이른바 상대가 누구든 싸움을 지배할 수 있는 천상계의 능력을 갖춘 것이다.

그래서 설무백은 곁에 서 있던 혈뇌사야와 공야무륵의 반응과 상관없이 공동칠검이 원을 그리며 도는 모습을 침착하고 느긋한 눈빛으로 관조했다.

그들 중 누구도 그를 위협할 만한 검공을 익힌 자는 없다는 사실을 대번에 꿰뚫어 본 대응이었다.

그래서였는지 모른다.

설무백이 그저 무던히 서 있자, 철면신은 차치하고, 혈뇌사야와 공야무륵도 태평하게 공동칠검을 지켜보았다.

설무백의 전신에서 발산되는 호신강기가 이미 공동칠검이 형성한 검진의 압력을 충분히 와해시키며 그들마저 보호하고 있기에 가능한 행동일 것이다.

그런 면에서 볼 때, 막말로 말해서 철면신은 어쩌면 불량품인지도 몰랐다.

적이 공격을 준비해도, 더 나아가서 공격을 가해도 설무백의 명령이 없으면 절대 움직이지 않고 부동자세로 서 있는 그의 태도는 아무리 강시라도 도저히 정상적으로 보이지 않았다.

그러나 설무백은 그게 오히려 좋았다.

철면신은 그야말로 흉기와 같았다.

흉기가 의지를 가지고 나서면 그 폐해는 실로 이루다 말할 수 없을 정도로 엄청날 것이 자명하지 않은가.

설무백이 태평하게 그런 생각을 하는 사이, 원을 그리며 돌던 공동칠검이 한순간 날아올랐다.

마치 비상하는 새처럼 빠르면서도 바람을 타고 흐르는 깃털처럼 유연하게 허공을 가르며 날아서 쇄도하는데, 검극이 향하는 방향은 저마다 제각각이었다.

네 개의 검극이 각기 다르게 혈뇌사야와 공야무륵의 좌우 측을 노리고, 세 개의 검극이 설무백의 상단과 중단, 하단을 노리고 있었다.

쐐애액―!

설무백은 거친 칼바람 속에서 자신을 노리는 세 개의 검극을 정확히 구분하며 손을 내밀어서 그중 중단으로 다가오는 오는 검을 낚아챘다.

바람처럼 유연하면서도 번개처럼 쾌속하게 쇄도하는 검극 아래로 손을 뻗어서 상대의 손을 찍어 누르며 검을 갈취한다는 것은 상대의 속도보다 곱절로 빠르지 않으면 절대 불가능한 일이었으나, 그는 그게 가능했다. 아니, 가능하고도 남았다.

"헉!"

그 서슬에 놀란 공동칠검의 하나가 기겁하는 사이, 설무백은 갈취한 검을 휘둘러서 상단과 하단으로 쇄도하는 검을 후려쳐 버렸다.

카강-!

거친 금속성 아래 불꽃이 일어났다.

두 자루 검이 박살 나서 사방으로 비산했다.

비명이 터졌다.

"으악!"

"크으……!"

뒤쪽에 서 있던 공동파의 제자들 중 몇몇이 비산하는 검편(劍片)을 미처 피하지 못하고 고꾸라졌다.

자신의 검을 빼앗긴 도사는 넋이 나가서 서 있고, 검을 마주친 두 명의 도사는 손잡이만 남은 검을 든 채 저 멀리 나가떨어져서 바닥을 뒹굴고 있었다.

내가기공을 익힌 무인들의 검이 격돌해서 한쪽이 부러지거나 깨지면 그냥 검을 잃는 것으로 끝나지 않는다.

당연히 검이 부러지거나 깨진 상대는 엄청난 충격을 받게 되며, 심한 경우 그 자리에서 사망할 수도 있다.

바닥을 뒹굴고 일어내서 경악과 불신에 찬 눈빛으로 설무백을 바라보는 두 도사의 입술에 흥건한 선홍빛 핏물은 그래서 당연했다.

내부에서 솟구치는 핏물을 악착같이 토하지 않으며 참고는 있으나, 격돌의 여파로 상당한 내상을 당한 것이다.

설무백은 그와 무관하게 빼앗은 검을 보란 듯이 손끝으로 튕겼다.

쨍-!

검이 금속성을 발하며 산산조각으로 흩어졌다.

청명하게 울린 금속성이 경악과 불신으로 굳어져 있던 장내의 시선을 설무백에게 집중시켰다.

설무백은 그 순간에 치솟아서 광천자 등 공동파의 요인들이 집결해 있는 곳으로 날아갔다.

"막아라!"

누군가 소리쳤다.

광천자는 아니었다.

시근거리는 모습으로 검을 뽑아 들고 나서려는 광천자를 누군가 뒤에서 당기고 있었다.

동시에 광천자 주변에 서 있던 십여 명의 노도사들이 일제히 검을 뽑아 들며 날아올라서 설무백을 맞이했다.

그 속에는 내내 걱정스러운 눈빛으로 사태를 주시하던 현천상인도 합세해 있었다.

다급한 마음에 아무런 격식도 없이 마구잡이로 휘두르는 것 같았지만, 사실은 그렇지 않았다.

하나같이 연로한 백발의 노도사들이 사전에 합공을 연마했을 리는 없음이 분명함에도 정교하게 맞물려 돌아가는 치차(齒車)처럼 저마다 자신의 위치를 확보하며 하나처럼 움직였다.

개개인이 부드러움 속에 심은 강을 중시하는 공동검법의 묘리에 입각해서 휘두르는 검극이, 거기 실린 검기성강의 기운이 날카로운 비수로 성긴 그물처럼 살벌하게 설무백의 전신을 뒤덮고 있었다.

거기 휘말린다면 그 누구라도 육신이 갈기갈기 찢겨 나가서 흔적도 없이 사라질 것만 같은 검기성강의 그물이었다.

그러나 설무백은 놀라지도, 당황하지 않았다.

그만의 공간에서 허공을 가로지르던 설무백은 그대로 멈추며 촘촘하게 펼쳐진 그물의 중동을 향해 가만히 손을 뻗었다.

쐐애애액=!

설무백의 손에서 일어난 눈부신 섬광이 고막을 찢을 듯한 파공음을 일으키며 날아가서 그물의 중동을 때렸다.

장내에 있는 사람들 중에 백의 하나도 제대로 보지 못했지만, 요술처럼 그의 손에 나타난 양날창, 흑린이 거대한 기세를 일으키며 벼락같이 날아가서 쇄도하는 공동파의 고수들 사이를 관통해 버린 것이었다.

쾅―!

무지막지한 벽력음이 터졌다.

쇄도하던 공동파의 고수들이 거대한 돌풍에 휩쓸린 낙엽 더미처럼 분분히 휘날렸다.

분명 비명을 내지른 사람도 있었지만, 하늘을 가로지르는 벽력음의 메아리가 삼켜 버렸다.

"이기어술!"

누군가 경악하며 부르짖었다.

싸움이 끝났음을 알리는 경종이었다.

한바탕 뇌성벽력을 동반한 광풍이 휘몰아치고 지나간 자리는 그야말로 아수라장이었다.

희뿌연 흙먼지가 자욱한 가운데, 분분이 날아올라서 저마다의 걸기로 검기성강의 그물을 형성하던 노도사들은 저마다 피를 뿌리며 나가떨어져서 부챗살 모양으로 바닥에 펼쳐졌고, 그 뒤에 웅장하게 서 있던 옥황전은 일각이 무너진 채로 위태롭게 기울어져 있었으며, 주변에 자리한 아름드리 고목들은 박살 나서 비산한 강기의 여파로 뚝뚝 부러져서 여기저기 나뒹굴고 있었다.

단지 한차례의 격돌에 불과했으나, 공동파의 제자들이 매일매일 익숙하게 마주치는 풍경이 사라져 버렸다.

세상의 판이 뒤집힌 것처럼 낯설고 무질서한 그 속에는, 살아 있는 것들의 숨죽임과 죽어 버린 것들의 고요함으로 인해 정적이 흐르는 그 공간에는 누군가의 손에 이끌려 뒤로 물러나던 광천자마저도 산발한 머리로 엉덩방아를 찧고 앉아서 넋이 나간 모습으로 설무백을 바라보고 있었다.

"······."

설무백은 그 자신의 예상을 넘어선 이기어창의 위력에 약간 당황했으나, 멈추지 않고 손을 앞으로 당겼다.

일탈과 역동성의 충돌로 고요해진 풍경 속으로 저 멀리서부터 살아 있는 생물처럼 날아온 양날창, 흑린이 그의 손으로 돌아와서 안착했다.

그리고 늘 그렇듯 요술처럼 감쪽같이 사라졌다.

설무백이 움직였음에도 불구하고 장내의 고요는 조금도 깨지지 않았다.

그는 슬쩍 자신의 그림자를 일별하며 나직하게 말했다.

"잘했다."

요미를 치하한 것이다.

무엇보다도 설무백의 안위를 우선시하는 그녀는 와중에도 움직이지 않았다.

설무백은 그러고 나서 묵묵히 고개를 돌려서 장내를 훑어보았다.

철면신은 여전히 평온하게 홀로 우뚝 서 있었다.

설무백의 명령이 없었기에 멀뚱거리며 그대로 서 있는 것이다.

모르긴 해도, 바보처럼 우직한 그의 모습이 공동파의 제자들에게는 또 다른 공포였을지 모른다.

아군이 나선 싸움터에서 굳이 나서지 않고 가만히 구경만하고 있다는 것은 예비 전력으로서 적에게 압박감을 준다는 의미를 가질 수도 있지만, 그에 앞서 자신까지 나서지 않아도 되므로 그냥 구경이나 하겠다는 식의 자신감을 표출하는 것으로 보일 것이기 때문이다.

실제로 그가 나서지 않아도 싸움이 끝났다.

반면에 혈뇌사야와 공야무륵은 철면신과 상반된 행동으로 공동파의 제자들에게 공포를 자아냈을 것이 분명했다.

행동을 멈추고 설무백을 바라보고 있는 혈뇌사야와 공야무륵의 주변에는 어림잡아도 수십 명의 공동파 제자들이 피를 흘리며 널브러져 있었고, 다시 그만한 숫자가 바닥을 기거나 엎드려서 꿈틀대고 있었다.

그중에 사망자가 얼마나 되는지는 모르겠으나, 적어도 처음에 공격했던 공동칠검의 넷은 틀림없이 죽었다.

살아도 산목숨이 아니었다.

그들은 팔이 잘리고 다리가 끊어진 모습으로 널브러져 있었다.

설무백은 그처럼 처참한 장내의 모습을 확인하자 뚜렷한 대

상도 없는 분노에 불타올라서 광천자를 싸늘하게 노려보았다.

"……!"

광천자가 불똥이라도 튄 것처럼 발작적으로 일어났다.

그런 그의 반응이 침묵 속에 고요하던 장내를 일깨웠다.

작대기처럼 빳빳이 굳어져 있던 공동파의 제자들이 저마다 검을 치켜세우고 있었다.

무릇 사람에게는 싸우지 않으면 안 될 때가 있고, 그럴 수밖에 없는 입장이 있는 법이다.

지금 공동파의 제자들에게는 두려움이나 공포 따위는 문제가 아니었다.

동문의 주검을 앞에 두고 마냥 겁에 질려 웅크리고만 있을 수 없는 것이 지금 그들의 입장인 것이다.

설무백은 그 모습을 보자 불같이 치솟던 분노가 스르르 가라앉았다.

역사와 전통의 굴레에 사로잡혀서 자기중심의 좁은 생각에 집착하며 자신만을 내세우는 자들이지만, 이런 모습은 본받을 만했다. 수적 우세를 믿고 덤비는 것이 아니라 신념을 위해 나서는 것이기 때문이다.

평정을 되찾은 설무백은 더없이 준엄한 눈빛으로 가없는 존재감을 드러내며 말했다.

"이대로 공동파의 씨를 말리고 싶은가? 그렇게 해 줄까? 내가 못 할 것 같나?"

광천자가 지그시 입술을 깨물었다.

그의 얼굴은 수치와 모멸감으로 붉어져 있었고, 그의 동공은 갖가지 감정이 소용돌이치고 있었다.

그도 안다.

누가 봐도 뻔한, 지는 게 당연한, 그래서 죽는 게 정해진 싸움이다.

또한 그는 알고 있었다.

지금의 그의 명령 한마디면 공동파의 제자들은 죽음을 각오하고 나설 것이다.

공동파의 명예와 자존심은 능히 그 정도는 되고, 그 역시 이대로 죽을 때까지 싸울 수 있는 비장함을 가졌다.

그러므로 그는 그런 명령을 내릴 수가 없었다.

그 혼자라면 당연히 그럴 테지만, 그는 혼자가 아니었다.

공동파를 짊어지고 있기에 명예도 자존심도 넘어서야 했다.

그는 소리쳤다.

"검을 거둬라!"

공동파의 제자들이 충격에 빠진 표정으로 하나둘씩 검을 내렸다.

상당한 부상을 입은 몸으로도 다급히 광천자의 곁으로 모여든 현천상인 등 공동파의 요인들 역시 앞서 나가떨어졌을 때보다 더 참담해진 표정으로 시선을 내리깔고 있었다.

설무백은 못내 한숨을 내쉬며 말했다.

"믿거나 말거나 알고는 있으시오. 제갈현도야말로 마교와 내통하던 자였소. 마왕동 사건 때 입은 상처로 혼절한 그가 깨어나지 않은 것은 진짜가 아니었소. 그저 자신을 향한 의심을 지우기 위한 모색을 하려고 시간을 벌려는 거였을 뿐이오. 물론 아직 물증은 없소. 그가 이미 죽었으니 물증을 찾을 이유도 없고 말이오."

"그걸 왜 이제……!"

광천자가 부지불식간에 항변하다가 이내 소침해진 표정으로 변해서 입을 다물었다.

미리 말했어도 달라진 것은 없었을 것이다.

설무백이 무슨 말을 했어도 그의 귀에는 같잖은 변명으로밖에는 안 들렸을 테니까.

제갈현도의 전갈에 넘어간 그는 이미 설무백을 범인으로 단정하고 있었던 것이다.

왜 그랬을까?

지금에 와서 돌이켜 보면 후회가 될 정도로 그답지 않았다.

편협하고, 무지한 행동이었다.

광천자는 그런 생각으로 자책하다가 문득 답을 찾아냈다.

반듯한 기상, 무서울 정도로 마음을 짓누르는 설무백의 존재감에 답이 있었다.

'……질투였나?'

신출내기 애송이 주제에 돌풍처럼 강호무림을 휩쓸며 대번에 사신이라는 명성을 얻고, 흑도의 거두로 자리매김한 설무백의 존재를 그는 마뜩찮게 생각하고 있었다.

마왕동 사건 이후, 설무백이 명문 정파의 기둥인 구대문파에 막강한 영향력을 행사하는 존재가 되었다는 얘기를 접한 이후부터는 더욱 그랬다.

아니, 그전에 장문직을 계승하는 자리에서 전대 장문인이자, 사형인 광진자의 유지 또한 그를 그런 쪽으로 몰고 갔었다.

—풍잔의 설무백, 설 대협을 알고 있나?

—설무백이라면 사신이라는 그 흑도 아닌가?

—그래, 그 사람일세. 호방하고 의협심이 강한 사내이니, 유념해 보고 좋은 유대를 맺게나.

—무슨 말씀이신지……? 일개 흑도 나부랭이가 호방하면 얼마나 호방할 것이며, 의협심이 강하면 또 얼마나 강하다고 그런 말씀을 하시는 겁니까?

—개천에서도 용이 난다질 않는가. 흑도라고 다 같은 흑도가 아닌 게야. 내가 보기에 그 사람은 흑도임에도 능히 대협 소리를 들을 만한 인물이네. 강하기만 한 것이 아니라 매우 특출 난 협객의 풍모를 지닌 인물이었어.

—사형의 말씀이시니 차제에 유념해 보긴 하겠습니다만, 저로서는 도저히 믿기질 않는 얘기네요.

—직접 만나 보면 알 걸세. 하여간 우리와 그리 멀지 않은 지

역을 차지한 사람인지라 노파심에 거듭하는 말이네만, 내가 자네라면 무슨 일이 있어도 그 사람을 내 사람으로 만들 걸세.

─예, 알겠습니다. 유념하도록 하지요.

말이야 알겠다고 했고, 유념하겠다고 했지만, 내심 말도 안 되는 일이라고 생각했었다.

일개 흑도인 주제에 행하는 바가 정의에 어긋나지 않으며, 매사에 믿음이 가는 행동을 하고, 사생존망의 위급함 속에서 자신의 위급함을 돌보지 않은 채 남의 위급함을 먼저 살피는 협객의 풍모를 지녔다는 것은 도저히 믿을 수가 없는 일이었다.

그런 그에게 동조하는 요인들도 적지 않았으나, 그건 둘째 문제였다.

다른 누구보다도 그 자신이 그런 생각으로 단단했으니까.

그러나 그가 틀렸고, 사형이 옳았다.

협객의 풍모까지는 아직 모르겠으나, 적어도 더 없이 강하고 특출 난 인물이었다.

'옹졸했다!'

광천자는 감히 설무백의 시선을 마주 바라볼 수가 없었다.

공동파의 일각이 무너져서야 진실을 알게 된 자신의 실책도 실책이지만, 저승에서 분통을 터트리고 있을 사형의 얼굴이 떠올라서 민망하기 짝이 없었다.

그런데 이상한 일이었다.

그렇듯 모든 것을 수긍하고 인정해 버리니 속이 후련하고 홀가분해졌다.

마음을 비우면 본성이 드러난다고 하는데, 지금의 그가 그런 상황이었다.

그런 광천자의 귓가로 한층 낮아진 설무백의 목소리가 다시 들려왔다.

"사천은 당문과 아미, 청성파가 연계해서 지킬 테고, 감숙은 우리 풍잔이 지킬 거요. 그러니 공동파는 혹시 모를 중원의 동향만 살피며 정진하면 되는 거요. 과실로 인한 오늘의 피해를 빠르게 회복하길 바라겠소."

"……!"

광천자는 새삼 충격을 받아서 고개를 들고 설무백을 바라보았다.

설무백은 이미 돌아서서 자리를 떠나고 있었다.

광천자는 절로 크게 한숨을 내쉬었다.

설무백의 말이 진심인지 가식인지는 몰라도 멀어지는 그의 어깨가 실로 크게 느껴지는 것만큼은 어김없는 사실이었다.

호사다마 好事多魔 (4)

"공동칠검이라는 두 녀석은 죽였습니다. 죽이지 않으면 제가 손해를 볼 수도 있는 신랄한 검격이라 다른 방도가 없었습니다. 하지만 다른 애들은 적당히 사정을 두어서 죽이진 않았습니다."

　공동산을 벗어나는 길목이었다.

　공동파의 산문을 벗어날 때부터 힐끔거리며 눈치를 보던 혈뇌사야가 넌지시 흘린 말이었다.

　공야무륵이 기다렸다는 듯 그 말을 받았다.

　"저도요. 처음의 두 녀석은 어쩔 수 없어서 살수를 썼지만, 나머지 애들은 적당히 사정을 두어서 죽은 애들은 없을 겁니다. 제풀에 나가떨어져서 죽은 애들이 있을지는 모르겠지만 말입니다."

설무백은 슬쩍 그들을 바라보며 시큰둥하게 대꾸했다.

"누가 뭐래?"

혈뇌사야가 딴청을 부렸다.

"그저 그렇다고요."

공야무륵은 대부분 침묵하지만 일단 입을 열면 무슨 말이든 주저하는 법이 없는 성격이었다.

지금도 그랬다.

설무백의 시선을 마주하며 뻔뻔스러울 정도로 당당하게 속내를 드러냈다.

"저는 저 멀대 같은 녀석처럼 주군의 명령에만 반응해서 움직이는 것이 아니라 주군이 진정으로 원하는 것이 무엇인지 읽고 행동하는 수하가 되고 싶습니다. 그리고 이번에는 실로 제대로 주군의 속내를 읽고 행동했다고 생각합니다. 그러니 칭찬해 주십시오."

저 멀대 같은 녀석이란 싸움 내내 장승처럼 서 있던 철면신을 두고 하는 말이었다.

철면신이 그걸 알아듣고 말했다.

"나 아니다, 멀대."

공야무륵이 그러거나 말거나 외면하며 어깨를 펴고 턱을 들었다.

우습게도 칭찬을 기다리는 것이다.

설무백은 내심 고소를 금치 못하며 칭찬했다.

"잘했다."

그리고 철면신도 칭찬해 주었다.

"너도 잘했다. 언제까지나 지금처럼만 행동하면 된다."

철면신이 대답했다.

"한다, 언제까지나 지금처럼."

설무백은 피식 웃고는 혈뇌사야에게 시선을 주며 물었다.

"설마 영감도 칭찬을 바라는 건 아니지?"

혈뇌사야가 딴청을 부리며 대답했다.

"해 주면 좋지요."

설무백은 웃었다.

그리고 진심을 담아서 말했다.

"아까는 정말 잘했어. 내가 아까는 이상하게 좀 흥분해서 과했어. 이 나이 먹도록 아직도 혈기를 주체할 수 없는 모양인데, 덕분에 후회할 일이 사라졌으니, 고마워."

"아, 뭐, 그렇게까지 심하게……."

혈뇌사야가 멋쩍어하며 괜히 발길을 서둘러서 앞서나갔다.

그 역시 설무백처럼 이런 식의 감정이 실로 낯설고 어색해하는 사람인 것이다.

설무백은 자신과 별반 다르지 않은 혈뇌사야의 태도에 묘한 동질감을 느끼다가 깨어나며 발길을 재촉했다.

"갑시다! 오랜만의 귀가이니 가다가 빙탕후루라도 사 들고!"

촉도가 끝나고 평지가 펼쳐져 있었다.

속도를 낸 설무백 등은 한나절 만에 난주의 풍잔에 도착했고, 거기서 뒤늦게 임무를 끝내고 사천당문을 거쳐 뒤따라온 흑영, 백영과 합류했다.

그리고 그들의 입을 통해서 황제에 등극한 연왕이 북경으로의 천도를 공표했고, 공동파가 봉문을 선언했다는 소식을 들었다.

⚜

"파문이 있다는 말이 있지요. 세상의 파문은 사람으로 시작되고 사람으로 끝납니다. 그리고 뒤끝이 상당하지요. 좋은 쪽으로든 나쁜 쪽으로든 말입니다. 사람이 일으키는 파문은 찻잔 속 파문과 달리 드넓은 세상에 일으키는 파문이니까요. 죽은 듯 숨어 있다가도 어느 날 불쑥 튀어나와서 구원의 손길을 내밀기도 하지만, 갑자기 발목을 움켜잡고 뒤통수를 치기도 합니다. 인간의 역사는 그런 수많은 파문으로 이루어지는 흔적인 겁니다."

풍잔에 도착한 다음 날이었다.

하루는 푹 쉬며 여독을 풀라고 종용한 제갈명은 그 말이 무색하게 꼭두새벽부터 찾아와서 군사로서 알아야 하는 일이라며 그간의 상황을 물었고, 설무백이 수긍하며 간단명료하나 핵심은 빠트리지 않고 설명해 주자, 곧바로 짐짓 분위기를 잡으며 장황한 서두를 꺼냈다.

설무백은 어떻게든 자신이 아는 것을 드러내고 싶어 하며, 그것도 거창하게 포장하고 싶어 하는 제갈명의 성품을 익히 잘 알기에 말이 더 길어지기 전에 끊었다.

"작게는 인과응보라 하고, 크게는 업이라고 하는 것이지. 그래서 하고 싶은 말이 뭐야?"

"뭐, 그렇게도 말할 수 있지만……."

"쓸데없는 잡설을 더 늘어놓으면 그대로 내쫓는다."

제갈명이 찔끔하고는 말했다.

"요는 이겁니다. 그간 주군이 강호무림을 돌면서 한 일들이 워낙 엄청나서 그 여파가 우리에게 어떻게 미칠지 모른다는 겁니다. 기본적으로 손해를 보기 싫어하는 사람의 심성을 감안하면 좋은 쪽보다는 나쁜 쪽으로 다가올 가능성이 농후하다는 얘기지요."

"그래서?"

"마땅한 대책을 세워야지요."

설무백은 짐짓 곱지 않은 눈초리로 제갈명을 노려보았다.

"그런 일을 하라고 너를 군자의 자리에 앉혀 놓은 거다. 왜? 능력이 안 돼? 그만두고 싶어?"

제갈명이 화들짝 놀라며 손사래를 쳤다.

"우리 풍잔은 완벽합니다. 그 어떤 적의 공격도 충분히 막아

낼 체계와 무력이 갖추어져 있습니다. 제 말은 그게 아니라, 작금의 정세에 대한 대비만이 아니라 그 이후, 계산할 수도, 상상할 수도 없는 미래에도 대비해야 한다는 겁니다."

설무백은 고개를 갸웃했다.

"미래에 대비해야 한다?"

제갈명이 이때다 싶은 표정으로 대답했다.

"후사(後事)말입니다!"

"후⋯⋯사?"

설무백은 이건 정말 예상하지 못한 말이라 절로 한 방 맞은 표정으로 눈을 끔뻑거렸다.

제갈명이 재빨리 말을 덧붙였다.

"예로부터 정권을 잡은 제왕은 가장 먼저 후사부터 정했습니다. 그게 미래의 안정을 위한 최선이자, 최고의 대책이니까요. 우리 풍잔은 이제 강호무림의 실세입니다. 구대문파가 통째로 덤벼 보라지요. 까딱없습니다. 주군은 그런 풍잔의 주인인 겁니다. 혼란한 작금의 시기에 그런 주군의 후사가 없다는 것은 실로 크나큰 과오가 아닐 수 없습니다."

설무백은 짐짓 사나운 눈총을 주었다.

"내가 제왕이야?"

제갈명이 멋쩍게 웃으며 대답했다.

"제왕이죠. 무림의 제왕. 주군은 안 그렇게 생각하실지 몰라도 다들 그렇게 생각하고 있습니다."

"어디에 있는 다들이?"

"그야 당연히 우리 풍잔의 식구들이죠."

"장난하냐, 지금?"

"장난이 아닙니다. 작금의 중원무림에서 우리 풍잔의 위치
는……!"

"됐고!"

설무백은 한숨을 내쉬며 다시금 장광설을 시작하려는 제갈
명의 말을 자르고는 슬쩍 방문 쪽을 바라보며 말했다.

"거기서 그러지 말고 그만 들어오세요."

방문이 열렸다.

검노와 쌍노, 예충 등 풍잔의 요인들이 멋쩍은 기색으로 헛
기침을 하며 주춤주춤 안으로 들어왔다.

이채롭게도 좀처럼 이런 자리에는 한 번도 참석하지 않던
담태파야도 함께였다.

설무백은 그들을 둘러보며 새삼 깊은 한숨을 내쉬고는 이내
매서운 눈빛으로 제갈명을 추궁했다.

"노친네들의 닦달이었냐?"

제갈명이 어색하게 웃는 낯으로 대답했다.

"그런 면도 없지 않아 있지만, 제 생각이 노야들과 같지 않
았다면 절대 나서지 않았을 겁니다."

설무백은 다시금 한숨을 내쉬며 제갈명을 외면했다. 그리고
어쩔 수 없이 일그러진 눈가로 검노 등을 둘러보며 물었다.

"태양신마 노야는 왜 안 오신 겁니까?"

예충이 대답했다.

"그 친구야 아직 여기 낄 군번이 아니지."

설무백은 고소를 금치 못하며 새삼스럽게 좌중을 둘러보다가 쓰게 입맛을 다셨다.

여자들은 없었다. 그 이유가 능히 짐작되었다.

"갑자기 왜들 이러세요?"

제갈명이 말했다.

"아까도 말씀드렸다시피……!"

"넌 빠지고!"

"옙!"

설무백은 자라목을 하고 물러나는 제갈명을 외면하며 검노와 쌍노 등을 향해 따지듯이 물었다.

"내가 그리 미덥지 못합니까? 그리 빨리 죽을 것 같아요?"

검노가 말했다.

"난 어디까지나 중립이오."

예충이 슬쩍 눈총을 주며 검노를 밀치고 나섰다.

"예로부터 세상이 어지러울수록 제왕의 후사를 우선하라고 했습니다. 주군이 아직 젊긴 하나, 세간의 풍습에 따라 혼례를 올렸으면 자식을 봐도 열 번은 더 봤을 나이입니다. 얘기가 나왔어도 진즉에 나왔을 얘기입니다."

환사가 맞장구를 쳤다.

"맞습니다. 다른 걸 다 떠나서 주군이 뭐가 부족해서 아직 홀로 지내시는 겁니까? 능력이 없습니까, 주변에 여자가 없습니까? 삼처사첩(三妻四妾)을 거느려도 부끄러울 것 하나 없는 분이 왜 이렇게 홀아비 냄새 풀풀 풍기며 지내시는 건지 당최 알다가도 모르겠습니다."

평소 말을 아끼는 천월이 말을 받았다.

"저도 같은 생각입니다, 주군. 하물며 주군의 주변에는 주군을 흠모하는 여인네들이 적지 않으며, 그녀들 모두가 남부럽지 않게 뛰어난 재원들입니다. 손만 내밀면 되는데 더 미룰 이유가 어디에 있습니까."

"그뿐이 아니죠."

이번에는 일견도인이었다.

"주군께서는 마땅히 후대를 이어 주어야 할 여인도 곁에 두셨습니다. 오독문의 독후인 이이아스는 이제나저제나 주군의 은총만을 바라며 기다리고 있습니다. 이는 주군께서 무시해서도 안 되고, 무시할 수도 없는 오독문의 대사입니다. 주군께서는 엄연히 오독문의 재기를 책임져야 할 문주이시니까요."

"어디 그뿐인가요? 제가 듣기로는……!"

예충이 다시 나서고 있었다.

"자, 자, 다들 진정들 하시고……!"

설무백은 급히 예충의 말을 자르며 설마하는 표정으로 담태파야를 바라보며 물었다.

"담태파야께서도 같은 생각으로 오신 건가요?"

담태파야가 주름으로 오글쪼글한 입가에 의미심장한 미소를 그리며 대답했다.

"사실은 이 할망구가 주도했소이다. 주군의 주변에 다들 늙어빠진 할애들과 툭하면 의리니 뭐니 하며 뭉쳐서 밤새 술이나 처마시는 사내자식들만 즐비하니, 대체 누가 주군의 혼삿길을 열어 줄까 싶어서 말이오."

"아……."

설무백은 내심 요미를 생각해서라도 절대 그럴 리가 없을 거라고 생각한 담태파야가 한통속은커녕 오히려 주도했다고 하니 절로 말문이 막혀 버렸다.

여자는 남자를 위해서 평생 수절을 해야 하는 열녀가 되어야 하고, 남자는 삼처사첩을 거느려도 전혀 부끄럽지 않은, 아니 오히려 자랑인 것이 중원의 세태라는 것쯤은 그도 익히 잘 알고 있었다.

그러나 그는 아직 그런 쪽으로는 전혀 생각이 없었고, 실제로 욕정이니 육욕이니 하는 등의 이성에 대한 육체적인 욕망도 그다지 가지고 있지 않았다.

그런 쪽의 감정이 전혀 없는 것은 아니나 매우 미약한 수준이라 얼마든지 배제할 수 있는 것이다.

어쩌면 그가 이십 대 후반에 불과한 육체와 달리 육십 대 후반에 달하는 정신을 가져서 그런 것인지도 모른다.

'이유야 어쨌든!'

이왕지사 말이 나온 김에 어떤 식으로든 확실하게 짚고 넘어가야 할 사안인 것만큼은 확실했다.

설무백은 마음을 다잡고 말했다.

"다들 이렇게까지 걱정할 줄은 정말 몰랐습니다. 제가 너무 무심했습니다. 이제부터라도 적극적으로 생각해 보겠습니다. 그러니 오늘은 그만하고 이 정도로 넘어가 주세요. 다만……."

말꼬리를 늘이며 잠시 뜸을 들인 그는 단호한 눈빛으로 좌중을 둘러보며 말을 이었다.

"미리 밝혀 두지만, 저는 처첩의 차이를 두지 않을 생각입니다. 제가 선택한 여인은 누구든, 그리고 하나든 둘이든 혹은 피치 못할 경우로 얻은 여인이든 간에 분명하게 처로 인정하고 대우할 작정입니다."

장내의 모두가 그게 무슨 대수이겠냐는 듯 묵묵히 고개를 끄덕이는 가운데, 예충이 피식 웃으며 말했다.

"욕심도 많으셔라."

장내의 모두가 무슨 말인지 모르는 표정이다가 이내 예충의 말에 담긴 의미를 깨달은 듯 저마다 묘하게 웃는 낯으로 설무백을 바라보았다.

설무백도 그제야 예충의 말이 무슨 뜻인지 깨달으며 쓰게 입맛을 다셨다.

중원의 풍습상 처는 가문의 후사를 잇기 위해 주로 동일한

계층의 여성을 선택하나, 첩은 그와 무관하게 남편이 개인적인 취향에 따라 선택한 여성이다.

그리고 이들의 관계는 중원의 사회적인 관습에 따라 절대로 위치가 바뀔 수 없으며, 살아서는 물론이고 죽어서도 대우가 다르다.

처는 남편의 사후 수절을 강요받았지만, 첩은 남편과의 관계가 해소되면 재혼이 허락되는 것이 중원의 관습인 것이다.

즉, 예층은 설무백이 자신의 여인은 하나가 됐건 둘이 됐건 전부 수절을 강요하는 욕심을 부린다며 놀린 것이다.

물론 진심으로 그런 생각을 하는 것은 아닐 것이다.

설무백도 익히 그것을 짐작하기에 그저 입맛을 다시는 것으로 받아넘기며 말문을 돌렸다.

사실은 검노 등이 들어올 때부터 묻고 싶은 말을 이제야 묻는 것이었다.

"그보다 혹시 지금 이 자리에 요미를 비롯한 검매 등이 없는 이유가 그 얘기를 다 알고 있어서는 아니죠?"

설무백은 실로 노심초사(勞心焦思)하는 눈빛으로 좌중을 둘러보았다. 그렇지만 혹시가 아니라 역시였다.

모두가 그의 애타는 시선을 피하는 가운데, 늘 성질은 급하지만 눈치가 없는 환사가 호탕하게 껄껄 웃으며 설무백에게 절망감을 선사했다.

"하하, 그야 당연하지요. 다들 한 성질 하는 애들인데, 무슨 다른 구실을 찾을 수 있나요. 주군의 일륜지대사(人倫之大事)를 논한다고 하니까 다들 알아서 빠지더군요. 하하하……!"

장내의 분위기가 싸하게 변했다.

오직 한 사람, 설무백의 안색이 굳어진 까닭이었다.

검노가 앵무새처럼 아까 했던 말을 반복했다.

"난 어디까지나 중립이오."

다들 그제야 식은땀을 흘리며 우르르 돌아섰다.

"얘기가 끝난 것 같으니 이만……!"

"나는 아까 하다만 일이 있어서……!"

"그러고 보니 순찰 나간 애들이 돌아올 때가 되었군!"

설무백은 서둘러 밖으로 나서는 그들을 불러 세웠다.

"잠깐만!"

밖으로 나서던 사람들이 찔끔하며 그대로 멈추었다.

설무백은 자리를 털고 일어나며 그들을 향해 조용히 말했다.

"그동안 애들 수련이 어느 정도 진척되었는지 보고 싶네요. 물론 노야들의 성과도 직접 확인해 보고 싶고요. 덕분에 이렇게 일찍 일어났으니, 바로 시작하죠. 순찰과 경계조를 제외한 전 인원을 풍무장으로 집결시키도록 하세요. 지금 당장!"

그래서 그날 그때부터 풍잔의 곁을 지나는 사람들 모두가 연신 고개를 갸웃거리게 되었다.

하루종일 곡소리가 났기 때문이다.

호사다마好事多魔 (5)

시작은 생각지도 못한 인륜지대사라는 요상한 궁지에 몰려 무안함과 약간의 서운함으로 울컥한 분노였으나, 하다 보니 열의와 열정이 생겼다.

그게 무엇이든 한번 빠지면 깊게 빠져드는 것이 그의 성격인 까닭이었다.

돌이켜 보면 설무백은 풍잔의 식구들에 대한 관리에 직접 나선 적이 거의 없었다.

중핵을 이루는 고수들에 대해선 가끔 자리를 정해 주기도 하고, 부족한 부분의 유무를 살피기도 했으나, 다른 식구들에게는 무관심했다.

아니, 무관심했다기보다는 제갈명의 머리를 믿었고, 검노와 쌍노, 예충, 풍사 등의 지도력과 무력을 믿었다.

그리고 본의 아니게 나선 김에 진심으로 확인해 본 결과 그의 믿음은 배신당하지 않았다.

우선 풍잔의 편제는 설무백를 보좌하는 호법원과 친위대인 비각, 정보와 감찰을 담당하는 통천각(通天閣), 그리고 내당과 외당을 기준으로 각기 삼대의 예하에 저마다 여섯 개의 향을 두고, 이매당을 비롯한 다섯 개의 별동대를 운영하는 것으로 완전히 자리를 굳혔다.

내당의 삼대는 풍잔의 전위대 격인 광풍대와 풍잔의 경비를 담당하는 호풍대, 풍잔의 전체적인 재원과 물품을 통괄하는 금선대(金選隊)이며, 외당의 삼대는 기본에 외곽 경계와 정찰 임무를 수행하던 풍령대의 수뇌인 삼령을 중심으로 금령대(金令隊)와 은령대(銀令隊), 옥령대(玉令隊)로 나누었다.

기존의 백사방과 대도회, 홍당은 이름을 그대로 두고 금선대에 포함시켰는데, 이는 그들이 토착 세력이라 난주에 사는 사람들과의 관계가 원활하고 풍잔의 재원을 통괄하는 금선대가 지휘할 수 있는 무력으로 활용하기 위해서라는 것이 제갈명의 전언이었다.

설무백은 그 모든 조직의 수뇌부터 시작해서 다섯 명의 수하를 거느린 오장까지 일일이 다 직접 상대해 주며 허실을 지적해 주고 보완할 수 있는 수단을 알려 주는 수고를 아끼지 않았다.

그 바람에 의도치 않게 다치는 사람이 속출했으나, 그것을 나무라거나 탓하는 사람은 아무도 없었다.

애써 내색을 삼가도 뻔히 드러날 정도로, 그들에겐 그것이 불명예가 아닌 명예, 인생에 다시없을 영광이었기 때문이다.

그 때문이었다.

풍잔의 영내에서는 하루종일 곡소리가 끊이지 않았고, 그 기간이 무려 보름이나 이어졌다.

그리고 그제야 풍잔의 요인들의 차례가 되었다.

비무를 아니, 이미 설무백의 지도를 받은 사람들에게는 그야말로 축제의 시간이었다.

풍잔의 요인들은 하나같이 초절정을 구가하는 강호무림의 초고수들이었다.

그들의 비무를 견식할 수 있다는 것은, 그것도 능히 천하최강을 논할 수 있는 설무백과의 비무를 직접 볼 수 있다는 것은 실로 꿈과 같은 상황이었다.

풍잔의 야외 연무장인 풍무장이 인파로 꽉 들어찬 것은 그 때문이었다.

경계조를 제외한 풍잔의 식구들이 모두 집결했고, 어떻게 알았는지 지부대인은 물론, 난주에서 방귀깨나 뀌고 산다는 사람들이 전부 다 몰려들었기 때문이다.

"이게 어떻게 된 거야?"

"아, 뭐 그냥 그렇게 된 거죠. 하하하……!"

설무백은 짐짓 겸연쩍은 웃음으로 얼버무리는 제갈명의 태도를 보고서야 그 내막을 짐작할 수 있었다.

이건 제갈명의 머리에서 나온 것이며, 풍잔의 명성을 높이려는 술수가 분명했다.

세상에 비밀은 없고, 발 없는 말이 천 리를 간다고 했다.

오늘의 행사는 머지않아 강호무림에 파다하게 퍼질 것이고, 말에 말이 더해져서 크게 부풀어진 그 소문은 설무백과 풍잔의 위상을 하늘 높이 올려놓을 것이다.

나쁘지 않았다.

설무백은 그저 실소하는 것으로 제갈명의 지략을 인정하며 풍무장의 중앙으로 나서며 말했다.

"시작은 이요부터!"

설무백은 사전에 각 대의 지휘관들과 신성들을 제외하고, 호법급에 준하는 아홉 명과 새롭게 풍잔의 식구가 된 이후에 제대로 챙기지 못한 여덟 명의 요인을 선정했다.

지휘관들을 제외한 것은 어떤 식으로든 수하들 앞에서 무너지는 것을 보이기 싫다는 이유였고, 신성들을 제외한 것은 외부인에게 공개할 이유가 없는 비밀 병기라는 의미였다.

당사자들은 적극적으로 아쉬움을 토로했으나, 설무백은 단호하게 뜻을 굽히지 않았다.

가뜩이나 본의 아니게 일이 커진 마당에 그들까지 드러내는 것은 아무런 실속이 없다는 판단이었다.

마음만 먹으면 그들에 대한 시험은 따로 얼마든지 할 수 있었다.

그래서 시작은 이요부터였다.

과거 기련산의 요괴들로 알려진 세쌍둥이인 기련삼마 중 기련요마의 후예인 여고수인 이요는 가장 늦게 풍잔에 합류한 고수 중 하나로, 설무백이 제대로 챙기지 못한 부류에 속해 있었다.

작은 체구에 표독스러운 눈빛으로 무장한 여인인 이요가 적잖게 긴장된 모습으로 나섰다.

그녀의 손목에는 새끼손가락 굵기에 이 장이 넘는 긴 채찍을 칭칭 감겨 있었다.

그녀는 채찍을 무기로 쓰는 고수이며, 그녀의 애병인 채찍은 흑룡편(黑龍鞭)이라는 이름으로, 질기고 질긴 교룡의 힘줄과 천잠사를 엮어 만든 흉기였다.

설무백은 그녀를 지그시 바라보며 말했다.

"다섯 합을 겨뤄 보겠다. 그 정도면 네 경지를 충분히 판단할 수 있기에 정한 것이니 다른 생각 말고 전력을 다해라. 대신 그 안에 네 공격이 내 몸을 조금이라도 스친다면 다시 다섯 합을 기회를 더 주겠다."

이요가 무시당했다고 생각하는지 아니면 긴장을 풀기 위한 노력인지 모르게 질끈 입술을 깨물며 대답했다.

"알겠습니다."

대답과 동시에 그녀가 손을 펼쳤다.

촤악!

무언가 허공을 때리는 소리가 장내에 울려 퍼졌다.

이요가 손을 펼치자 거기 돌돌 말려 있던 채찍, 흑룡편이 풀어져 나가서 허공을 때리며 길게 펼쳐진 것이다.

채찍은 장병(長兵)에 속하는 병기이고, 장병은 길이가 길어서 싸움에 유리하지만 다른 한편으로 다루기 까다로운 면도 있으며, 채찍의 경우 그 고유의 성질 때문에 더욱 다루기가 어려워서 기문병기로 취급되기도 했다.

그런데 지금 이요가 채찍을 풀어 드는 솜씨, 그리고 독오른 독사의 머리처럼 빳빳이 곤두서는 채찍의 끝자락을 보아 그녀는 자신의 애병인 흑룡편을 완전히 자기 것으로 만든 것 같았다.

설무백은 만족한 미소를 입가에 떠올리며 손가락을 까딱였다.

"와라!"

이요가 두말없이 쇄도했다.

그다음에 손을 움직였는데, 채찍의 서슬이 먼저 도착했다.

쉬잇―!

이 장이 넘는 검은 채찍, 흑룡편이 버드나무 가지처럼 유연하게 휘어지며 돌아서 설무백을 휘감았다.

하지만 착각이었다.

설무백은 이미 그 자리에 없었다.

좌악-!

채찍이 헛되이 허공을 때렸다.

이요가 흠칫 당황하는 와중에도 기민하게 돌아서며 수중의 채찍을 크게 휘둘렀다. 눈앞에서 사라진 설무백의 신형이 자신의 뒤에서 나타난 것을 감지한 것이다.

반원을 그리며 돌아간 채찍의 머리가 한순간 직선으로 뻗어 나갔다. 채찍이지만 내력을 주입해서 마치 창처럼 사용하는 용법이었다.

하지만 이번에도 헛수고였다.

설무백은 허깨비처럼 그 자리에서 사라져서 다시금 그녀의 뒤에서 나타나고 있었다.

"익!"

이요가 사력을 다하는 모습으로 재차 채찍의 끝을 돌렸다.

채찍이 살아 있는 뱀처럼 영활하게 움직였다.

원을 그리며 도는가 싶더니 곧바로 끝자락이 독사의 머리처럼 쳐들려서 설무백의 가슴을 노렸다.

마치 시위를 떠난 화살처럼 빠르고 강한 공격이었다.

그러나 설무백은 이번에도 채찍의 범위를 벗어났고, 곧바로 이어진 공격도, 그리고 그다음에 이어진 공격도 이요의 뒤에서 지켜보고 있었다.

이요에게 주어진 다섯 합이 그렇듯 허무하게 끝났다.

"헉헉……!"

이요는 허무하게 늘어진 채찍을 움켜잡은 채 설무백을 노려보았다. 악다문 그녀의 입술 사이로 거친 숨소리가 새어 나오고 있었다.

그녀도 어쩔 수 없는 무인이었다.

당연히 이길 리가 없다고 생각은 했으나, 너무나도 허무하고 허망하게 져 버리니 분노가 일어나고 있었다.

설무백을 향한 분노가 아니라 그녀 자신을 향한 분노였다.

그녀는 그렇게 잠시 열기를 식히고 나서야 크게 심호흡을 하고는 고개 숙여 승복했다.

"졌습니다."

설무백이 연무장의 중앙으로 나설 때부터 숨죽이고 있던 장내의 모두가 그제야 웅성거렸다.

놀람의 탄성과 황당함의 실소가 어우러진 소란이었다.

이요의 무공은 누가 봐도 강호일류를 넘어서는 수준이었다.

그런 그녀가 전력을 다했음에도 설무백의 옷깃 하나 건드리지 못했다는 것은 장내의 그 누구에게도 충격이었다.

그러나 이제 시작에 불과했다.

이요가 물러나고 나선 기련비마의 후예 이마와 기련지마의 후예인 이신도, 그리고 과거 백여 년 전 돈황의 낭인 시장인 흑사평을 평정하며 일대 낭인들의 우상으로 명성이 자자했던 녹포괴조와 귀안신수의 후예들이자, 의발전인로 그들의 별호까지 그대로 물려받은 부소와 가등도 이요의 경우와 조금도 다르지 않았다.

그뿐 아니라, 그다음에 나선 금혼살은 물론, 천살과 지살도 앞선 비무자들의 전철을 그대로 답습했다.

강호사대청부단체의 하나인 마정의 초살수로 활약하던 금혼살은 말할 것도 없고, 천살과 지살은 천기칠살의 절기를 전부 물려받은 고수들이라 지켜보던 사람들 모두가 적잖게 이변을 기대했으나, 결국 이변은 일어나지 않았다.

설무백은 내내 병기조차 뽑지 않고 그들 모두를 상대했으나, 그들 중 누구도 설무백의 옷깃 하나를 건드리지 못했다.

설무백은 그야말로 아지랑이 같았고, 바람과 같았다.

그는 전력을 다한 그들의 공격에 스칠 듯하면서도 끝내 스치지 않았고, 찔릴 듯하면서도 결국 찔리지 않았다.

더욱 놀라운 것은, 그래서 구경하던 모두가 경악한 나머지 탄성조차 내지르지 못해서 장내를 침묵의 도가니로 만든 것은 그의 신형이 시종일관 상대를 중심으로 반원 일 장 이내를 벗어나지 않았다는 사실이었다.

실로 차원이 달랐다.

어른이 아이와 술래잡기를 해도 이보다 더 심하지는 않을 것이었다.

"흐흐. 창피를 주기로 단단히 작심하셨군. 흐흐흐……!"

어깨가 축 늘어져서 돌아서는 천살을 쳐다보며 혈뇌사야가 음충맞은 기소를 흘렸다.

예충이 삐딱하게 혈뇌사야를 바라보았다.

"이제 우리 차례인데 뭘 그리 신나하시나?"

혈뇌사야가 새삼 음충맞게 웃었다.

"그대들 차례는 있어도 내 차례는 없으니까. 난 이미 설 공자께 두 손 두 발 다 들고 항복했거든. 흐흐흐……!"

예충의 곁에 앉아 있던 검노가 끼어들며 혈뇌사야에게 눈총을 주었다.

"마왕 주제에 그게 자랑인가?"

혈뇌사야가 대수롭지 않게 끌끌 혀를 찼다.

"오랜 세월을 곁에서 모셨다면서 아직도 설 공자를 그렇게나 모르나? 마왕이든 마황이든 설 공자에게 항복하는 건 창피한 게 아니야. 설 공자는 이미 인간의 경지를 초월한 존재이니까. 말 그대로 초인이지."

"……"

검노가 말문이 막힌 표정으로 혈뇌사야를 노려보았다.

뭐라고 쏘아붙여 주고 싶은데 그 역시 같은 생각이라 마땅히 떠오르는 말이 없었다.

그때 그들의 대화에 귀를 기울이면서 시선은 설무백에게서 떼지 않고 있던 일견도인이 앓는 소리를 했다.

"에구구, 여길 보네."

설무백의 시선이 호법급의 고수들이 집결해 있는 그들의 방향으로 돌려진 것이다.

"매도 먼저 맞는 게 낫다고……!"

환사가 성마른 성격 그대로 자리에서 벌떡 일어났다.

그러나 그보다 먼저 그들이 앉아 있던 단상을 내려가는 사람이 있었다.

"제가 먼저 하지요."

창대와 창극이 모두 한철로 이루어진 거무튀튀한 장창, 흑비를 어깨에 걸친 풍사였다.

설무백은 양날창이 아닐 뿐, 그 자신의 흑린처럼 거무튀튀한 창대와 창날을 가진 장창 흑비를 어깨에 거치고 나서는 풍사를 보자 감회가 새로웠다.

"오랜만이네?"

"그러네요."

풍사가 씩 웃으며 어깨에 걸치고 있던 창을 내려서 팔뚝 사이에 수평으로 올려놓고 공수했다.

"무저갱 시절이 생각나네요."

설무백도 요술처럼 홀연하게 양날창 흑린을 꺼내서 마주 공수하며 빙그레 웃었다.

"하지만 상황은 그때와 다르지."

"압니다. 그래서 사력을 다할 생각입니다."

"그래도 죽진 마."

"설마 죽이겠어요."

풍사가 웃는 낯으로 대꾸하고는 안색을 굳히며 창을 소리 없이 옆구리에 끼면서 전면을 향한 수평을 만들었다.

자루 끝에 달린 세모꼴의 돌(斧)을 옆구리에 끼고 촛불의 끝처럼 미끈한 창날을 길게 뻗어 내서 설무백을 겨누는 태세였다.

설무백은 그에 반응해서 순간적으로 두 발을 어깨너비의 배로 벌려서 엉덩이가 무릎 높이로 내려오도록 낮은 자세를 취하는 마당보에 이어 그대로 한 발을 앞으로 내밀었다.

왼손을 비스듬히 앞으로 내미는 것과 동시에 창을 잡은 오른손을 옆으로 벌려서 수평으로 변한 창대를 등에 바싹 붙이며 한 발을 크게 앞으로 내딛는 발 구르기, 십자경혼창을 펼치기 직전의 태세인 진각인 포호영이었다.

쿵─!

둔중한 울림이 터지며 진각을 밟은 설무백의 한 발을 중심으로 일어난 흙먼지가 원을 그리며 드넓게 퍼져 나갔다.

수천이 넘는 인원이 집결한 장내가 얼어붙은 것처럼 고요해졌다. 설무백의 전신에서 구름처럼 일어난 위압감이 장내에 있는 사람들의 마음을 무겁게 짓누른 까닭이었다.

상대인 풍사의 입장에선 고개조차 바로 들기 어려울 정도로 무지막지한 기세요, 기상이었다.

'일합 승부다!'

설무백과 풍사의 대치를 지켜보는 장내의 모두가 그와 같은 생각으로 알게 모르게 마른침을 삼켰다.

고수들의 승부일수록 길게 가지 않는다는 것은 상식이었다.

하물며 풍사는 어지간한 고수가 아니다.

내로라하는 강자들이 득시글거리는 풍잔에서도 손가락에 꼽히는 초고수이고, 그래서 제아무리 설무백이라도 승부를 길게 끌지 않을 것이 자명하다.

무슨 다른 이유가 있는 것이 아니라, 풍사가 다치는 것을 원치 않을 것이기 때문이다.

그렇다.

장내의 모두는 기본적으로 풍사의 무력은 인정하나, 설무백을 넘어선다고는 기대하지 않았다.

과연 설무백이 풍잔에서도 손가락에 꼽히는 초고수인 풍사를 어떤 식으로 제압할 것인가에 주목할 뿐이었다.

그리고 그건 당사자인 풍사의 생각도 다르지 않았다.

무엇보다도 그 역시 일합만으로도 충분히 상대와 자신의 무력이 가진 차이를 느낄 수 있는 고수인 것이다.

'더 이상 대치했다가는 공격에 나설 기회마저 사라진다!'

풍사는 가없이 뿜어지는 설무백의 기상에 압도되어 절로 움츠러드는 자신을 느끼며 마음을 다잡았다.

이건 무공의 고하와는 다른 문제였다.

비무는 싸움이 아니라는 것은 정도 나부랭이들이나 하는 헛소리라는 것이 그의 생각이었다.

비무도 싸움이고, 대계의 싸움은 손 속을 교환하기 이전에 이미 승패가 결정되어 있다는 것이 그의 믿음이었다.

그리고 그 기준은 전적으로 마음가짐에 있다는 것이 또한 그의 변할 수 없는 고정관념이었다.

제아무리 내공이나 초식의 예리함이 앞서도 마음이 죽으면 그 싸움은 우연이라도 절대 이길 수 없으므로 이미 패한 것이나 다름없는 것이다.

그래서 그는 바로 움직였다.

작금의 상황에서 선공은 무리라는 것을 알지만, 더 이상의 대치는 마음을 죽이는 것밖에 안 된다고 생각하고 내린 결단이었다.

다행히 설무백과 대치한 이후부터 달리기 직전의 말처럼 팽팽하게 긴장하고 있던 근육이, 오직 한 번의 격돌을 위해서 응집한 내공진기가 그의 의지대로 움직여 주며 발동했다.

촤아악—!

설무백을 직시하던 풍사의 창날이 낭창거리는 창대를 기반으로 작은 회오리처럼 돌아가며 직선으로 뻗어지다가 갑자기 하강해서 바닥을 때렸다.

그리고 그 반동으로 독 오른 독사의 머리처럼 위로 솟구쳐 오르며 설무백의 가슴을 노렸다.

바닥을 치며 한 번 정기했음에도 여전히 회오리처럼 돌아가는 창날이 막강한 기세로 이글거리며 수십 개의 창날을 만들어 내서 실초와 허초를 구분하기 어려운 일격이었다.

지켜보는 사람들이 보기엔 물러서는 것 외에는 대항할 방법이 없는 것 같은 공격인데, 정작 설무백은 물러나지 않았다.

설무백은 피할 생각이 없는 사람처럼 수십 개의 환영을 일으키며 쇄도하는 창날을 물끄러미 바라보았다.

그리고 내심 감탄했다.

다른 사람들의 눈에는 위험천만해 보일지 모르겠으나, 그에게는 전혀 그렇지 않아서 그럴 여유가 있었다.

지금 그는 그만의 시간이 흐르는 그만의 공간에 서 있었기 때문이다.

아이가 달려가는 모습을 같은 아이가 보면 빠르게 느껴지지만, 어른의 눈으로 보면 거북이처럼 느리기 짝이 없이 보이는 것과 같은 이치였다.

'확실히 많이 진보했군!'

본디 풍사의 창술은 광풍사의 선대가 사막의 재앙인 용권풍의 위력에 착안해서 창안한 내공심법인 풍운마장기의 공력과 그를 기반으로 펼치는 두 개의 창법 중 광풍사의 대랑만이 익힐 수 있는 풍령비류결, 일명 풍령창이었다.

다만 설무백은 과거 풍사가 펼치는 풍령창의 허실을 파악해서 거칠고 파괴적이기만 하던 요결의 일부를 더 유연하게 펼칠 수 있도록 교정해 주었고, 그 바람의 풍사의 풍령창은 기존의 것과 달리 부드러운 빠름을 강조하는 양가창의 기풍이 가미되며 전혀 새로운 차원의 창술로 변화했는데, 지금 풍사가 펼치는 풍령창은 그때와 또 다르게 진화해 있었다.

처음 보는 까닭에 아직은 '이거다' 하고 딱 꼬집어서 얘기할 수는 없지만, 풍령창의 파괴력과 양가창의 부드러움이 실로 유효적절하게 조화를 이루어서 그 두 창법과 궤를 달리하면서도 그 두 창법의 장점이 두드러지는 요사스러운 창법으로 진화한 것이다.

'예전의 풍사 대여섯이 달려들어도 지금의 풍사를 이기지 못하겠는걸?'

설무백은 자신만의 공간에서 쇄도하는 풍사의 창끝을 직시하며 그런 평가를 하며 보는 것만으로도 벌써 가슴을 찔린 것처럼 서늘한 기운이 풍기는 풍사의 창끝을 향해서 수중의 양날 창 흑린의 한쪽 창날을 내밀었다.

그는 풍사의 창끝이 일으킨 수십 개의 환영 속에서 진짜 창끝을 정확히 파악할 수 있었던 것이다.

꽝―!

쇄도하는 창끝과 뻗어지는 창끝이 정확히 마주치며 폭음이 터졌다. 단순히 창끝과 창끝의 마주침이 아니라 거기 실린 막대한 경기가 격돌하며 폭발한 것이다.

창끝과 창끝이 맞닿은 지점의 바닥에는 경력의 여파가 만든 큼직한 웅덩이가 파여 있었다.

다만 그럼에도 불구하고 두 개의 창끝은 마주친 상태로 떨어져 나가지 않았다.

그것은 설무백에게 절로 새로운 감탄을 자아내는 결과였다.

비록 그가 전력을 다한 것은 아니나, 상당한 내력을 주입한 그의 반격을 풍사가 온전히 버틴 것이다.

그러나 풍사는 버텼으나, 그의 창인 흑비는 버티지 못했다.

아니, 정확히 말하면 공력의 차이일 것이다.

흑비가 순간적으로 크게 활처럼 휘어졌다.

그 서슬을 버티지 못하고 풍사가 뒤로 물러났다.

그대로 버티면 창대가 부러져 나갈 판이라 그러지 않을 수 없었다.

그리고 다음 순간 풍사는 그대로 굳어졌다.

이번에도 그러지 않을 수 없었다.

그의 목에 예리한 기세가 닿아 있었다.

설무백이 뻗어 낸 창끝이었다.

풍사의 창대는 휘어졌으나, 설무백의 창대는 빨랫줄처럼 뻣뻣한 상태를 그대로 유지했고, 풍사는 물러났으나, 설무백은 그대로 전진했기에, 그것도 물러나는 풍사보다 배는 빠르게 전진했기에 벌어진 결과였다.

"……옆으로 피했어야……."

풍사는 그제야 흩날리다가 쏟아지는 흙먼지 속에서 순간의 계산 착오를 뼈저리게 후회했지만 이미 늦었다.

어쩌면 옆으로 피했어도 결과는 달라지지 않았을 것이라는 생각도 들었다. 누구 말마따나 지금의 설무백은 실로 인간의 경지를 벗어난 초인이라는 생각이 그의 뇌리를 장악하고 있었다.

그때 고요하던 장내가 소리 없이 소란으로 어수선해졌다.

그들의 격돌은 실로 찰나에 시작되고 끝난 폭풍이었다.

폭풍이 지나가자 시간이 멈춘 것처럼 미동도 없이 지켜보던 사람들이 시간을 되찾으며 움직이기 시작한 것이다.

때를 같이해서 그들의 곁으로 내려서는 한 사람이 있었다.

"볼일 다 봤으면 어서 들어가."

예충이었다.

"쳇!"

풍사가 혀를 차고 돌아서며 말했다.

"기억해요. 나는 일합을 견뎠소."

예충이 코웃음을 쳤다.

"자랑이다!"

풍사가 키득거리며 멀어졌다.

"봐선 모르지. 당해 봐야 알지. 큭큭……!"

예충이 찜찜해진 표정으로 풍사를 외면하며 설무백을 바라보았다.

설무백의 수중에는 어느새 풍사를 상대했던 양날창 흑린 대신 유리처럼 투명한 검신이 돋으라진 환검 백아가 들려 있었다.

"장병에는 장병, 단병에는 단병이라는 겁니까?"

"응."

설무백은 굳이 부정하지 않으며 부연했다.

"아무래도 그게 도움이 될 것 같아서."

"제게 말이죠?"

"응."

예충이 우거지상을 하며 투덜거렸다.

"젠장, 더럽게 찜찜하네요."

설무백은 픽, 웃고 말했다.

"무극신화검(無極神化劍)이라는 해. 이런저런 비기가 가미되긴 했지만, 모태는 검산의 비전인 심검의 궁극과 낭왕의 유전인 신검의 궁극을 조화시킨 절대 검법이지. 여태 한 번도 드러내지 않았는데, 예 노야라서 크게 선심 쓰는 거니까 제대로 봐 둬. 도움이 될 거야."

예충이 긴장한 표정으로 바뀌어서 꿀꺽 소리가 나도록 마른침을 삼켰다.

그럴 수밖에 없는 것이, 낭왕은 불가제일인 달마와 도가제일인 장삼봉과 더불어 고금제일인을 다투는 천하삼천존의 일인인 전설이고, 검산 역시 과거 구대검파의 하나로 성세를 구가하던 태산파의 부활을 위해서 모인 검귀들의 집단으로 살아 있는 전설이었다.

하물며 지금 설무백은 황당하기 짝이 없게도 심검과 신검을 조화시킨 검법이라고 했다.

무릇 검의 경지는 크게 나뉘는데, 검기의 궁극을 추구하는 신검과 초식의 궁극을 추구하는 심검이 바로 그것이다.

부연하면 신검의 궁극은 검에 서린 무형의 기세로 상대에게 상처를 입힐 수 있는 검기상인(劍氣傷人)의 경지인 검기(劍氣)를 형성하게 되면, 검기를 응축해서 방패를 만드는 검막(劍膜)과 의지대로 검기를 뿌릴 수 있는 검사(劍絲)의 단계가 된다.

검사의 단계를 거치면 범인의 눈에도 보이는 강기가 형성되는 검강(劍罡)을 발현하게 되는데, 그럼 마침내 그 검강을 탄환처럼 쏘아 낼 수 있는 검환(劍環)의 길로 올라설 수 있다.

또한 심검의 궁극은 검기와 무관하게 초식의 변화에 주력해서 검을 외물이 아닌 몸의 일부로 받아들이는 검신일체(劍身一體)의 단계까지 수련하고, 다시 초식의 변화마저 검과 몸이 함께하는 신검합일(身劍合一)의 단계를 거쳐서 마침내 검을 또 하나의 자신으로 변화시켜 육체의 구속 없이 마음대로 부리를 수 있게 되는 어검(御劍)의 단계, 이른바 이기어검(以氣御劍) 또는 이기어검(以氣馭劍)에 다다르는 경지이다.

그리고 이는 같은 것 같으면서도 전혀 다른 경지로, 마치 물 위로 나는 것과 물속을 가르는 것처럼 혹은 완전히 다른 물과 기름처럼 초식의 변화나 내공의 운영 방식부터가 전혀 달라서 절대 조화를 이룰 수 없다는 것이 상식이며, 실제로 고금을 통틀어도 그것을 이룩한 사람은 존재하지 않았다.

'그런데 그걸 해냈다고……?'

예충은 경악 속에 새삼 마른침을 삼켰다.

다른 사람의 입에서 그와 같은 말이 나왔다면 백이면 백, 미친놈이 헛소리를 지껄인다고 코웃음을 쳤을 터였다.

그러나 상대는 다른 누구도 아닌 설무백이었다. 그가 아는 설무백은 농담이라도 흰소리를 하는 사람이 아니었다.

예충은 경악 속에 거듭 꿀꺽 소리가 나도록 마른침을 삼키며 설무백을 바라보았다.

설무백이 그런 그를 보며 앞으로 내민 검극을 까딱였다.

"뭐 해? 어서 오지 않고?"

예충은 애써 마음을 다잡으며 칼을 쳐들었다.

그렇지만 아무래도 선뜻 나설 수가 없었다. 방만하고 허술하기 짝이 없어서 사방이 허점이요, 빈틈으로 보이는 설무백의 모습이 오히려 완벽하게 느껴지는 것은 왜일까?

'이미 졌다!'

예충은 가슴이 저리도록 어깨를 짓누르는 압박감에 절로 그런 생각에 사로잡혔다.

그대로 패배를 수용하며 선언해도 하등 이상할 게 없는 상황이었다.

그때 단상에 앉아서 속 편하게 그들의 대치를 지켜보던 풍사는 이미 그런 상황을 경험해 본 까닭에 대번에 예충의 상태를 인지하고는 빙그레 웃는 낯으로 곁에 앉은 검노를 향해 말했다.

"저랑 내기 하나 안 하실래요? 예 노인이 일합을 견디나 못 견디나?"

검노가 시큰둥하게 대꾸했다.

"나는 못 견딘다에 걸도록 하지."

"엥?"

풍사가 당황하는 참인데, 곁에 앉아 있던 검영이 불쑥 끼어들었다.

"저도요."

그 뒤로 줄지어 세 사람이 더 나섰다.

"나도 일합을 견딜 수 없다에 건다."

"나도 그쪽에 걸지."

"나도, 나도 그쪽에!"

혈뇌사야와 태양신마, 그리고 담태파야의 곁에서 마냥 싱글벙글하고 있던 요미였다.

장내에서 그들만큼은 풍사처럼 직접 경험해 보지 않았어도 지금 설무백의 전신에서 풍기는 압도적인 무상의 기운을 느낄 정도의 고수들이었다.

풍사가 우거지상을 하며 손사래를 쳤다.

"내기는 없던 것으로 하죠. 다 같으면 성립이 안 되니까."

그때 풍무장의 중앙에서는 예충의 선공으로 싸움이 시작되었다.

그리고 그들의 예상과 달리 예충은 일합을 견뎠다.

다음 권으로 이어집니다

One for all
원포올

일라잇 스포츠 장편소설

작렬하는 슛, 대지를 가르는 패스
한계를 모르는 도전이 시작된다!

축구 선수의 꿈을 품은 이강연
냉혹한 현실에 부딪혀 방황하던 중
운명과도 같은 소리가 귓가에 들어오는데……

당신의 재능을 발굴하겠습니다!
세계로 뻗어 나갈 최고의 축구 선수를 키우는
'One For All' 프로젝트에, 지금 바로 참가하세요!

단 한 번의 기회를 잡기 위해
피지컬 만렙, 넘치는 재능을 가진 경쟁자들과
최고의 자리를 두고 한판 승부를 벌인다!

실력만이 모든 것을 증명하는
거친 그라운드에서 당당히 살아남아라!

기갑천마

거짓이슬 퓨전 판타지 장편소설

종말을 막지 못한 절대자
복수의 기회를 얻다!

무림을 침략한 마수와의 운명을 건 쟁투
그 마지막 싸움에서 눈감은 무림의 천하제일인, 천휘
종말을 앞둔 중원이 아닌 새로운 세상에서 눈을 뜨는데……

"천휘든 단테든, 본좌는 본좌이니라."

이제는 백월신교의 마지막 교주가 아닌 평민 훈련병, 단테
그럼에도 오로지 마수의 숨통을 끊기 위해
절대자의 일 보를 다시금 내딛다!

에이스 기갑 파일럿 단테
마도 공학의 결정체, 나이트 프레임에 올라
마수들을 처단하고 세상을 구원하라!